超探偵事件簿
RAINCODE
レインコード
ユーマを待ちながら
[原作・監修] スパイク・チュンソフト
Spike Chunsoft
[著者] 綾里けいし
Keishi Ayasato
[イラスト] 花澤明
Akira Hanazawa

CHARACTER
「オイラはたった一分で世界を変えることができる」
ハララ ナイトメア
Halara Nightmare
「支払われた依頼料に誠意は尽くす……
それが、探偵としての僕の矜持だ」
デスヒコ サンダーボルト
Desuhiko Thunderbolt

「まあ、どうでもいいことだけれどもね。
はあ……いつか死にたい」
ヴィヴィア トワイライト
Vivia Twilight
「それはもう心躍る！
ハラハラドキドキのグッチャグチャでした！」
フブキ クロックフォード
Fubuki Clockford

CONTENTS

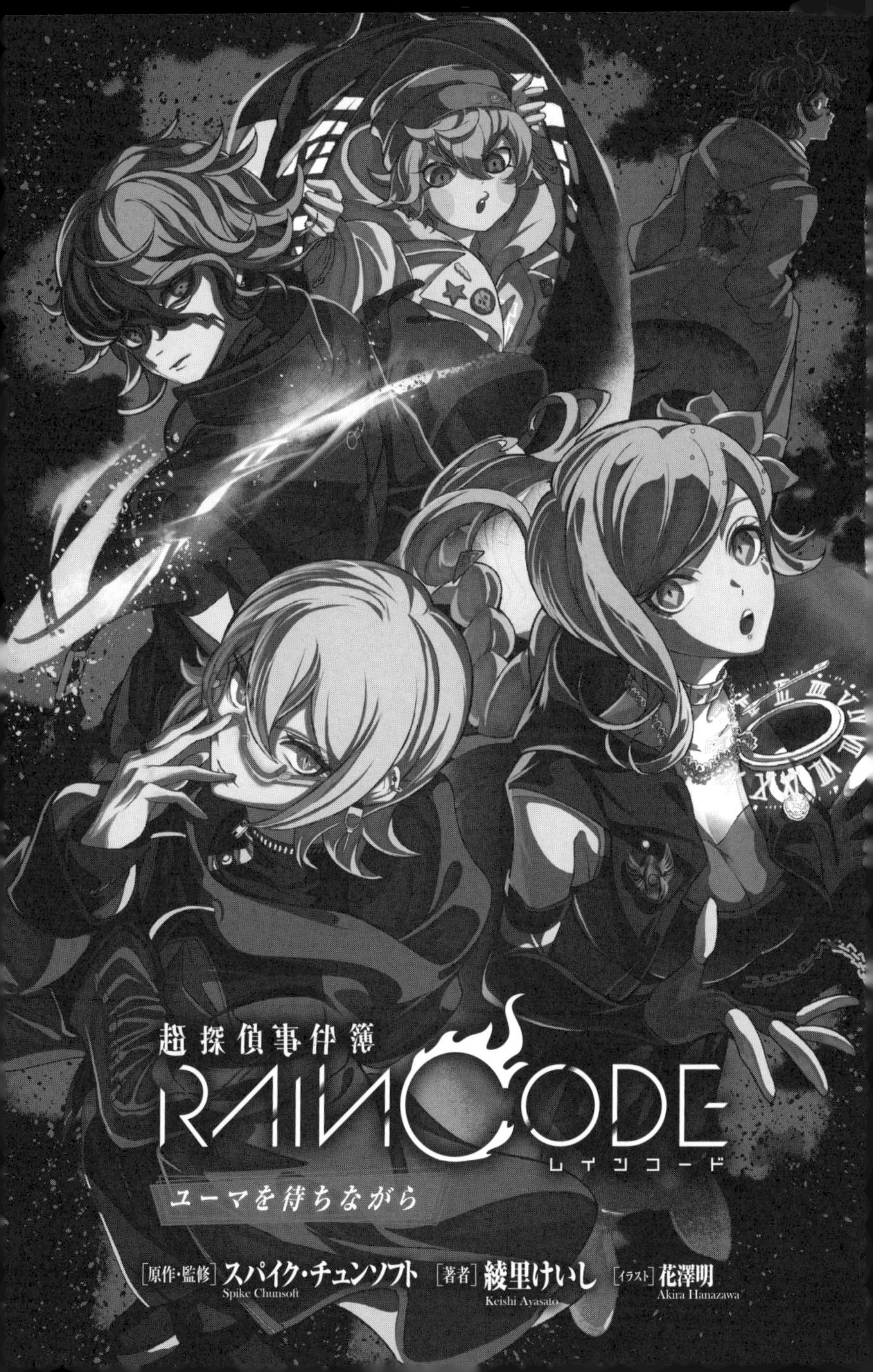
超探偵事件簿
RAINCODE
レインコード
ユーマを待ちながら
[原作・監修]スパイク・チュンソフト
Spike Chunsoft
[著者]綾里けいし
Keishi Ayasato
[イラスト]花澤明
Akira Hanazawa

CHAPTER

prologue

序　章
オープニング・セレモニー

正義についての話をしよう。

たとえば、この世には正義の具現化とでも呼ぶべき、ある機構が存在する。

【全世界の未解決事件撲滅《ぼくめつ》】を掲げる、超法規的探偵組織――【世界探偵機構】がソレだ。

その規模は大きく、世界各地には支部となる探偵事務所が設《もう》けられている。所属する探偵は千人。一部は【超探偵】と呼ばれ、独自の【探偵特殊能力】を誇っている。

【探偵特殊能力】とはなにかって？

それは調査に用いられる、超自然的な能力のこと。

たとえば、過去視《かこし》。
たとえば、変装。
たとえば、幽体離脱。
たとえば……時を戻すなんて、突飛な能力もあるかもしれない。

異能の素質をもともと持った者が、世界探偵機構で訓練を積むことで、このような特殊能力を調査のためとして身につける。そうして【探偵特殊能力】を誇る者だけが【超探偵】として認められ――【超探偵】の記載のある――探偵証を授与される。その探偵証を持つことこそが、【超探偵】の証《あかし》だ。

つまり、【超探偵】こそ、すべての謎の解明者――正義の執行者ともいえるだろう。

けれども、ボクはキミに問いたい。

いや、キミという仮定存在に話しかけているだけで、ボクはボクに問いたいのだろう。

正義とはナニカを。

正義とは曖昧《あいまい》な言葉だ。人の主観によって、ソレはいくらでも色を変える。人には人の正義があり、未解決事件を解明したところで必ずしも示されるとは限らない。現に【世界探偵機構】が目指す正義もまた、世の平穏と反する部分があることを、ボクは知っている。

だから、正義なんて不確かなものだ。けれども、あえて、それを定義づけるのならば、ボクは『この世から未解決事件をなくして、世界中の皆を幸せにすること』だと思う。

もしも、
いつか。

このボクと考えを同じくして、尽力してくれる誰かが現れるとするのならば。
雨の降る灰色の空を晴らしてくれるような人が、共に並んでくれるのならば。

ボクは、
ボクは……。
そうだな。

ぜひとも、仲良くなりたいと、思うかな。
つまらない、望みかもしれないけれども。

さて、自問は終わり。語りもおしまいにしよう。
今日もまた、たくさんの謎が探偵を待っている。

CHAPTER

01

第一章

人形たちの沈黙

探偵見習いの朝は早い。

なにせ、【世界探偵機構】に所属こそしてはいるものの、まだ、彼／彼女たちは訓練課程を修了してはいないのだ。千里の道も一歩から。四十二回折らなければ、紙は月まで届かない。【超探偵】となるために、やることはそれこそ山ほどあった。

特殊能力の開花と洗練のための努力。一般的な探偵技能の習得。観察眼の研磨《けんま》。他にも、多種多様な課題が積まれている。喜びよりも苦労が多い日々とすらいえた。だが、それを乗り越えなければ【超探偵】を名乗れはしない。秀《ひい》でた異能を持った人間ならば、話は別かもしれなかった。だが、そうではない者は、己を高め続けなくては星には手が届かない。

そんな見習いの一人、ユウカ＝キサラギにとって、本日は記念すべき区切りであった。

彼女の努力が認められ、本物の【超探偵】の現場に同行させてもらえることとなったのである。これを聞いた瞬間、ユウカは目に入る人すべてにくまなくハグして回り、共にダンスを踊らせて、通報の憂《う》き目《め》にあいかけた。ともあれ、そんな大切な日のために彼女は普段以上の気合いを入れていた。

そのはずが……いや、それ故《ゆえ》だろうか？

第一章　人形たちの沈黙

もう一度くりかえそう。

探偵見習いの朝は早い。

そのはずが、ユウカは堂々たる遅刻をかましたのである。

＊＊＊

「なんで、なんで、なんで、なんで、なんで⁉」

多大な自問とともに、ユウカは道を爆走した。澄んだ青空の下、彼女は整備された石畳《いしだたみ》を蹴る。とは言え、わざわざ己にたずねずとも、原因はとうの昔に判明していた。

まず、第一にトーストを焦がした。

第二に、ヘアアイロンが行方不明になった。

第三に、今日のために新調したコートのタグを切り忘れていた。

以上が、本日の遅刻の理由である。

見事なまでに自業自得であった。それでも、とユウカは思う。こんなに不運が重なったのには、なにか理由があるに違いない。星の巡りあわせとか、運気の流れとか、あるいは。

今から会う、【超探偵】の影響か。

当該人物による、音波とか念波《ねんぱ》とかのせいかもしれない。だが、そんな予想は当たるほうが嫌だ。せめて、親切な人が待っていてくれることを願って、ユウカは走る。

そして曲がり角を急旋回すると、――ダークトーンの外壁で、シックに装《よそお》われた――洒落《しゃれ》たカフェへと飛びこんだ。店内もまたモノトーンで統一されており、大きなガラス窓からは明るい光が差しこんでいる。客層には、なんとなく知的で落ち着いた雰囲気があった。一気に、ユウカは緊張を覚える。流されているクラシック音楽を聴《き》きながら、彼女は中を見回した。待ち合わせは最奥《さいおう》の窓際の席。そう、口の中でくりかえしながら足を運んだ先で……彼女は思わず言葉を失った。

そこには、綺麗《きれい》な人がいた。

革張りの硬めのソファーと、白く塗られた木製のテーブル。

そこにグレーを基調とした服装の人が座っている。コーヒーをかたむけるその姿は絵のように美しい。知性を感じさせる怜悧《れいり》な横顔に、色素の薄い髪と眼鏡がよく似合っていた。

見惚《みと》れながらもユウカは不思議に思った。目の前の人物には曖昧《あいまい》な点がある。性別が不

詳だ。どう見ても彼なのか、彼女なのかがわからない。美しい男性でも通るし、凜々《りり》しい女性でも通用するだろう。真相を確かめるべく、ユウカがじっと見つめたときだった。

「……三百万」

「えっ？」

なにを言われたのか。そう思い、ユウカはまぬけな声をあげた。不意を打たれて、彼女は目をまばたかせる。その前で、綺麗な人はコーヒーをもうひと口飲んだ。

優雅にカップを置いて、相手は先を続ける。

「一分につき、十万だ。僕の時間は安くはない……なによりも、調査前の貴重な時間を【探偵見習い】の身で浪費《ろうひ》させたのだから、当然、そのくらいは支払う覚悟はできているんだろう？」

滑《なめ》らかに――彼、いや、彼女かもしれない――【超探偵】は語る。

混乱のあまり、ユウカはフクロウのように首をひねった。だが、数秒後『遅刻に対する罰金』についてを、この【超探偵】は口にしているのだと気がついた。ひゅっと音を立てて、ユウカは喉を詰まらせる。とんだ横暴だ。悪魔か、この人。咄嗟《とっさ》に彼女はそう考えた。

慌てて、ユウカは弁明を試みる。それを遮《さえぎ》るように、彼／彼女は口を開いた。

「言っておくが、トーストが焦げたのと、ヘアアイロンが見つからなかったのと、コートにタグがついたままだったのは、遅刻の理由にはならない」

「……へっ？　なんで、わかるんですか？」

「パン屑《くず》」

相手はユウカの胸元を指し示した。見てみれば——深い紅色《べにいろ》のコートから覗《のぞ》く——クリーム色のセーターには点々と黒が散っている。それを指差して、【超探偵】は続けた。

「見事な焦げ色だ。それに、髪は一部がモジャついているものの、先端だけが揃《そろ》っている。ヘアアイロンを適当に当てた跡《あと》だ。単に、時間がなかった？　いや、そのわりには無理やりにでも使おうとしたように見える。ヘアアイロンを——たとえば探すことに時間を消費してしまい、固執《こしつ》して当てた名残《なご》りとでも推測した方が自然だ。また、コートの襟元《えりもと》からは不自然に糸がでている。タグを慌ててむしりとった痕跡《こんせき》だろう。以上だ」

カチャリと、彼／彼女はカップをもちあげた。そのまま、真っ黒な液体を呑《の》み干《ほ》す。涼し気な横顔には、微《かす》かにでも苦味を感じている様子は見られない。

改めて、ユウカは自分の姿を見下ろした。今日のために買ってきた深い紅色のコートを羽織《はお》り、丸襟のクリーム色のセーターを合わせている。それに黒色のスカート。足元には革靴。肩までの甘茶色の髪は、先端こそなんとかしたものの一部がモジャついたままだ。

そして、パン屑をつけっ放しである。

指摘の数々に、ユウカはあっけにとられた。だが、すぐに顔をかがやかせる。

探偵を目指す以上、こうした的確な語りには憧れがあった。

「すっ……すごいです！　流石《さすが》、【超探偵】！」

「雑に人を褒めていると、脳味噌が腐るぞ」

「うっ」

「こんなもの、【超探偵】の能力でもなんでもない。素人《しろうと》でも可能な基礎中の基礎だ……そもそも、だ。現場にパン屑を持ちこもうとする探偵なんて、僕の知る限りでは存在しないはずだが？」

「す、すみません」

パタパタと、ユウカはセーターを叩《はた》いた。黒い食べカスを、クリーム色の上から払う。続けてザッザッと革靴を動かし、落ちたパン屑を壁の隅に寄せた。

改めて、彼女は目の前の人を眺《なが》めた。相手はまだ若い。だが、確かに【超探偵】のようだ。彼／彼女は素人でもできると語るが、その観察眼は常人のものではありえない。

そう、ユウカは胸を躍らせた。挨拶《あいさつ》と共に、彼女は頭をさげる。

「改めまして、ユウカ＝キサラギです」

「ハララ＝ナイトメアだ」

その名前を聞き、ユウカはうなずいた。

本日同行予定の【超探偵】について——最低限の情報は聞かされている。先日、この地区で唯一の公営カジノで起きた、『宝石商カンパネラ殺人事件』——それを解決に導いた天才こそ、ハララだ。彼／彼女は空に輝く星のひとつ。ユウカの仰《あお》ぎ見《み》るべき探偵だった。憧れをこめて、ユウカはハララをじっと見つめる。応《こた》えることなく、ハララは席を立った。そうして自然な動きで、ユウカに伝票を手渡した。思わず、彼女は受けとってしまう。首をかしげたユウカに対して、無慈悲な追撃が放たれた。

「三百万と、コーヒー代。それが、君の支払いだ」

「へっ？」

「忘れないように支払うといい」

「ちょっ、えっ、さっきのって冗談じゃないんですか？」

「君の凡庸《ぼんよう》な価値観の中では、出会い頭の人間に借金の話をすることは冗談にふくまれるのか？　なかなか、ナンセンスだな」

「確かに、冗談にしては変ですけど……だからって、えっ？」

「安心したまえ。利子はつけない。返済計画をたてておくように」

混乱するユウカをおいて、ハララは歩きだす。その背中は、凛《りん》として美しい。だが、振り向いてはくれそうにない。伝票を手に、ユウカは目を回した。

「えっ……えーっ」

確かなことがひとつある。

ユウカは朝から不運につきまとわれてきた。

だが、一番の最悪はまちがいなく、この探偵の存在だ。


がっくりとうなだれながら、ユウカは思う。

ハララ＝ナイトメアは、悪魔ではないかと。

＊＊＊

「ま、まあ、気分を切り替えていってみましょう！」

「…………」

「ハララさんもなにか言ってくださいっ！」

「具体的には？」

「……想定を聞かれると困りますね」

ともあれ、二人は現場である館《やかた》へと着いた。

三百万の借金からは目を逸《そ》らし、ユウカは古めかしい建物を仰いだ。

壁はくすんだ赤の煉瓦《れんが》タイルで造られており、白の御影石《みかげいし》でラインが描かれている。そ

第一章　人形たちの沈黙

の上に、黒の重厚な屋根がのせられていた。古いドールハウスを思わせる外観だ。加えて、周囲には見事な薔薇園《ばらえん》が広がっている。露《つゆ》をのせた鮮やかな花弁は、まるで造りもののようにも見えた。なにもかもが、古い名画から抜け出したかのように見事だ。

思わず、ユウカは賞賛のため息を吐《つ》いた。

「雰囲気がありますねー。あっ、ちょっと、置いていかないでください！」

館の放つ、ひやりとした独特の空気。それに浸《ひた》っていたらハララは歩きだしてしまった。慌てて、ユウカは細い背中を追いかける。薔薇の海を泳ぐように、彼女は小道を進んだ。

やがて、二人はアーチ型の玄関の前に着いた。

そこには、ブランドもののスーツを着た紳士が待っていた。目の色はアンバー。髪は黒。体形は肥満気味だ。立派なヒゲをひねって、彼は大声を張りあげた。

「やあ、ハララさん！　『宝石商カンパネラ殺人事件』以来ですな！　来てくださって嬉しいですよ！　わざわざ統一政府を通してまで、【世界探偵機構】に指名をした甲斐《かい》がありましたな！」

「……やはり、偶然ではないとは思ったが、あなたの依頼だったのか」

「えっ、お知りあいなんですか⁉　しかも……統一政府を通してって……もしかして、めちゃくちゃ偉い人だったりしますか？」

「ハッハッハッ、なに、貿易方面でちょっと統一政府に噛《か》みましてね。詳しいことは流石に言えませんが、本当は喋《しゃべ》りまくりたいところです。なにはともあれ、この地区での食糧の安定供給については、私、リチャード＝トムソンを讃《たた》えてくれてかまいませんよ！　あとハララさんとはなにを隠そう、事件を共に解決した仲でね！」

「め……めちゃくちゃ語る人だ」

ずいっと、リチャードは身を寄せてくる。なだらかな丘を描いた腹と、まくしたてられる言葉の圧に押されて、ユウカは後ろに下がった。一方で、ハララは不機嫌に目を細める。

優美に、彼／彼女は腕を組んだ。小さく息を吐き、ハララは続ける。

「事実を歪《ゆが》めるのはやめてもらおうか。共に解決などしていない。確かに、事件は解決した……だが、もちろん、僕一人の能力でだ」

「えっ、なら、リチャードさんは？」

「単に、彼は事件の第一発見者にすぎない。解決どころか、自分の記憶違いから、僕の推理に難癖《なんくせ》をつけ、おかげで警察の要請のもと【過去視《かこし》】の説明までするハメになった」

「【過去視】？」

思わず、ユウカは首をかしげた。聞きなれない言葉だ。

一先《ひとま》ず、彼女の疑問を封じるように、ハララは告げる。

「僕の【超探偵】としての能力だ……この現場でも必要となるだろう。君には後で話す。そして……能力を知っている以上、あなたにはわかっているはずだが？」

第一章　人形たちの沈黙

「ええ、もちろんです！　万事、わかっております。流石、私。このように、ちゃーんとご用意してありますとも！」

リチャードは大きく胸を張った。コートの内ポケットから、彼は一枚の写真をとりだす。それをリチャードはハララへ差しだした。彼／彼女の後ろから、ユウカは写真を覗きこむ。まるで肖像画《しょうぞうが》のように、一人の夫人の上半身だけが写されていた。

彼女は細身で、小柄な女性だ。だが、しっかりと背筋を伸ばし、険しい目つきでカメラを睨《にら》んでいる――不思議なことに、その瞳《ひとみ》は焦点が微妙に合っていないように見えた――結いあげられた髪の色は金、目の色は深い青。美しいが、どこか氷を思わせる怖さをもつ人だ。しかも、ソレは深い湖に張った、いつ割れるとも知れない危険な氷だった。

恐る恐る、ユウカはたずねる。

「……こちらは？」

「此度《こたび》の被害者。私の妻です。冷たい女でね。正直、夫婦関係は冷えきっていましたが、いやはや、こんなことになるとは。悲しいような悲しくないような。やっぱりそうでもないような、後でちょっと悩むような。ちなみに私にはその日、商談があり、完璧なアリバイがあります、えへん。私としては妻がスープの味に文句をつけまくっていた料理人あたりが怪しいと睨んでいますので、よろしくお願いします」

「や、やっぱりめちゃくちゃ語る人だ」

ふたたび、リチャードはずいっと前に出た。ユウカはじりじりと後ろへ下がる。ハララは受けとった写真をじっくりと眺めると返した。うなずき、リチャードは扉を開く。

「さあ、どうぞ。詳細を語りながら現場へとご案内します。いやー、ハララさんに来ていただけて本当に嬉しいですよ。『宝石商カンパネラ殺人事件』以来、興奮が止まらず、家族にもハララさんの話を聞かせまくっていましたからな。ハッハッハ。あっ、警察の本格的な調査については、私の権力と財力で抑えておりますので、存分に……」

「えっ、警察を抑えてるって、なんでですか？」

ユウカは驚きの声をあげた。

噂《うわさ》では——カナタ区だったか、カナヤ区だったか——封鎖《ふうさ》されて、警察がまともに働いていない場所もあるという。だが、そんなところは例外だ。ここでは法に基づいた組織が真っ当に動いているはずだった。それなのに、あえて彼らを封じることに意味などあるのか。ユウカの疑問に対して、リチャードは口元の肉をやわらかく曲げた。

道化じみた笑顔を見せながら、彼は語る。

「だって、【超探偵】に解決してもらったほうが楽しいでしょう？」

その目の中には子供じみた、

歪んだ愉悦《ゆえつ》が浮かんでいた。

＊＊＊

「……あの人、大丈夫なんですか？」

リチャードは現場でも張りつくつもりだったようだ。だが、貿易船に不具合が生じたとかで、これからなのにと文句を言いつつ去った。『私が戻るまでは事件は解かないでくださいよ』とも言っていたが、それについては知ったことではない。

彼が一階に降りたのを確かめ、ユウカはハラランにたずねた。

二階に位置する――夫人の寝室の扉の前で、彼／彼女は淡々と応えた。

「大丈夫ではないだろう。だが、【超探偵】が存在する以上、それに過剰な憧憬《しょうけい》を抱いたり、耽溺《たんでき》する人間もまた現れる……それが権力者であれば、いったいどうなるかの悪い事例と言えるだろうな」

思わず、ユウカはうつむいた。

【超探偵】への憧れの気持ちは理解ができる。異能を持ち、未解決事件を切り伏せる彼らは一部の人間からすれば空にかがやく星にも等しい。その光の眩《まぶ》しさを、間近で浴びたいと望む者もいるだろう。だが、家族が殺されたというのに、速やかな解決の可能性を潰《つぶ》してまで、【超探偵】に頼むとは異常としか言えなかった。

嫌悪《けんお》に肌をざわつかせながら、ユウカはたずねる。

「この依頼、受けるんですか？」

「五百万」

「えっ？」

「先ほどささやかれた。彼が成功報酬として、僕のために用意したという金額だ……他人のために尽くす義理はないが、支払われた依頼料に誠意は尽くす……それが、探偵としての僕の矜持《きょうじ》だ」

「それだけの理由で」

「それだけ、でも十分だが、それだけではない」

ユウカは声をあげかける。だが、それに対して、ハララは静かに告げた。

淡々と、彼／彼女は理由を重ねていく。

「今回の事件で、警察は入っていない。故に、時間が経《た》てば経つほど証拠は失われていく状況だ……ならば、僕ほど本件に適した探偵はいない。また、僕が依頼を断ったところで、彼は別の【超探偵】を吟味《ぎんみ》し、指名するだけだろう。時間のロスだ」

「確かに……」

「僕がこのまま調査にあたることが、最も迅速かつ合理的な判断といえる」

深々と、ユウカはうなずいた。感情に任せて依頼を断るのもまた、冷静さを欠いた選択だった。彼女が理解を示すと、ハララは扉に手をかけた。

だが、押し開くことはせずに、問いかけを続ける。

「ならば調査に移ろう。【超探偵】と探偵見習いが立ち話を続けるのもまぬけな図だ……その前に、ここに来るまでに語られた事件の概要については、ちゃんと頭に入っているだろうな？　リチャード氏はかなり早口だったが」

「それならば任せてください！　ええっと……」

空中で、ユウカはくるくると指先を回す。

そして、リチャード氏から聞かされた、殺人事件の概要を語りはじめた。

＊＊＊

整理すると、話はこうだ。
リチャード氏は五人家族——だが、次女は寄宿舎で寝泊まりをしている——そのため、事件時には、彼と妻、第一子の長女と第二子の長男、料理人とメイド、庭師の七人が邸内にはいたという。

そこで、リチャード氏の妻、ベアトリス＝トムソンは殺害された。

夕食を摂《と》り、夜の八時に部屋に入ったあと、彼女の姿を目撃した者はいない――ここまでは警察の初動で確認されているが――死亡推定時刻は夜の九時から十時の間。死因は刺殺。胸には凶器のナイフが残されていた。指紋はなし。また、水差しに――彼女が寝る際に愛用していた――睡眠薬が盗難のうえで混入されていたことが確認されている。

故に、犯行は内部の人間による、計画的なものと断定された。

第一発見者は、庭師の男と長女。庭園の改造について、庭師が毎夜の相談をしに十時に被害者のもとを訪れ、返事がなかったことから長女に声をかけ――その後、双方ともにあまりの返事のなさに胸騒ぎを覚えたことから、扉を破った結果、死体を発見――これが十時半のことである――また、その際、室内には一部意図的な破壊の痕跡が見られた。直後に、長女が庭にいた長男に呼びかけ、通報を依頼。

そして、重要な点だが。

部屋は密室だったのだ。

「現場は第一発見者が開いた段階では、窓も扉も鍵がかけられており、密室だったという
ことです。さらに、扉には被害者がもたれており、直前に開けた形跡はなかったと」

「上出来だ。記憶違いはないようだな」

短く、ハララはうなずく。さらりと、色素の薄い髪が揺れた。

当然だと、ユウカは胸を張った。【超探偵】になるための訓練として、彼女は記憶力も
磨いている。また、早口を聞きとる才能も、必要最低限なものとしてそなえていた。

ノブを握ったままの扉を、ハララは見つめた。

花のレリーフが彫られた表面を眺めて、彼／彼女は続ける。

「密室がある以上、そこには理由が存在する。それを暴《あば》くのは探偵の役目だ」

ガチャリッと、ハララは扉を開いた。

中に入り、ふっと、横を見て——ユウカは短く息を呑んだ。

＊＊＊

まるで、たくさんの少女たちが立っているかのようだった。

黄色を中心とした花柄の壁紙の前に人形が並べられている。

一番小さいものは赤ん坊、一番大きいものは十歳前後であろう姿を模している。すべてが少女のもので、サイズはバラバラだ。だが、不思議なことに妙な統一感もあった。豪奢《ごうしゃ》かつ、重々しい雰囲気をまとう、美しい存在たち。その目には深い青色のガラスが使われており、頭には金糸が埋められている。鋭い顔つきといい、どことなく被害者の夫人に似ているのが不気味でもあった。しかも、異様な点は他にも存在する。

その頭は、すべてもぎとられていたのだ。あるものは人形に抱えさせられ、あるものは床に転がっている。何個かはまとめて、壁際に置かれていた。

まるで、人形もまた殺されたかのように。

「な、なんですか、これー。気持ち悪い……室内には一部、意図的な破壊の痕跡が見られた、って、人形のことだったんですね。それにしても、なんでこんな」

「……人形の逆側……扉から入って右手側にあるのは暖炉《だんろ》、か」

口元を押さえてハララはつぶやいた。ふむと、彼/彼女はマントルピースの立派な暖炉に近づく。屈《かが》んで、ハララは中を覗きこんだ。続けて、頭上を見あげる。

隣に並んで、ユウカはその真似をした。視界にはうす汚れた煙突が延びている。だが、遠くの出口には、目の細かい網で固く封がなされていた。うんと、彼女はうなずいた。

「ここを登って、犯人が脱出した可能性はなさそうですね」

「だが、無関係ではなさそうだ」

「えっ？」

「見てみたまえ、床に煤《すす》の零《こぼ》れた跡がある」

言われて、ユウカは飛《と》び退《の》いた。危なかった。証拠の一つを踏んでしまうところである。

彼女の慌てぶりを見て、ハララは眼鏡の位置を直した。

「しっかりと避《よ》けているなと思ったんだが……買《か》い被《かぶ》りすぎたようだな。気づいていないだけのボンクラだったか」

「ち、違います！　気づいてました！　気づいてましたとも！」

言い張るものの、もちろん、気づいてなどいない。ハララの視線が実に冷たかった。

ごまかすように、ユウカは慌てて話題を変える。

「えーっと、それで……えっと、扉の前に被害者は倒れていて、長女のほうが誰かが侵入した可能性を考えて窓を確認しに行って……で、鍵がかかっていた、と」

「さらに、長男を庭園に発見し、呼びかけた……なるほど、ここから見えるな。この事実自体に、今のところは矛盾はなさそうだ」

窓際に移動し、ハララとユウカは庭園を眺めた。

夫人の寝室からは、薔薇園がよく見える。今は昼だが、ライトアップ用の灯《あか》りが点在していることも確認できた。そのため、夜でも長男の姿は問題なく見えたものと考えられた。続けて、金色のクレセント錠に、ハララは触れた。ふむと、彼／彼女はうなずく。

「窓の鍵は一般的なものだ……細工の可能性がないとは言えない。だが、傷はない。糸などを使用した痕跡は見られないな」

独り言のようにつぶやいて、ハララは振り向いた。

改めて、彼／彼女は被害者のもたれていたドアへと視線を注ぐ。

「……血の量が少ないな。つまり、ナイフで一撃を加えたあと、犯人は引き抜くことはしなかったわけだ」

「本当ですね」

絨毯《じゅうたん》の上に散った血痕について、二人は意見を交わした。だが、死体はすでに搬出されてしまっている。現場も、そのまま保存されていたわけではない。家族の手が多少は入っているはずだ。今更、調べたところで、わからないことも多いだろう。

思わず、ユウカは声をあげた。

「うーん、見てとれるのは今まであげた情報分くらいでしょうか。絶対、確かめられていないことがありますよね。後から依頼されることばかりな、探偵の難点です。あーあ、死体発見時の現場が見られればなぁ」

「見られるぞ？」

「えっ？」

「君は……僕を誰だと思っている？」

「誰ですか？」

「ハララ＝ナイトメアだ」

至極当然なことを、ハララは言う。ユウカは首をかしげた。

もう、すでに自己紹介は受けた。女なのか男なのかは皆目《かいもく》わからないが、目の前の人物はハララ＝ナイトメアでまちがいない。そうではないのか。

だが、彼／彼女はその先を続けた。


「【過去視探偵】、ハララ＝ナイトメア」

＊＊＊

【過去視】とはいったいナニカ。

それについて、ハララは語る。

「僕の【探偵特殊能力】は【過去視】……文字どおり過去を視《み》る力だ。ただし、使えるのは殺人現場に限られる。厳密に言うと、事件現場の【第一発見時の状況】をこの目で視ることができる能力だ。【事件現場限定のサイコメトリー】といえば、理解しやすいだろう」

思わず、ユウカはあんぐりと口を開いた。

現場で活躍する【超探偵】たちが特殊な能力を持つことは知っている。ユウカ自身、そのひとつに数えられるものをちゃんと持ってはいた。だが、ハララのそれは突出していた。

あまりに便利すぎる。

探偵の異能としては、最適な部類に数えられるだろう。

驚愕《きょうがく》に打たれるユウカの前で、ハララは続けた。

「この能力で視えるのは、【目撃者が最初に現場を発見した瞬間】だ……つまり、犯人でも被害者でもなく、第三の目撃者がこの現場に踏み入った時点の光景だ。目撃者の記憶や認識は【過去視】に影響しない。視えるのは、実際にここにあった過去そのものだ。この能力において、目撃者はカメラや記録媒体ではなく、あくまでスイッチにすぎない……あるいは、本に挟むしおりのようなものだな。ちょうど死体発見時のページに挟まれたしおり……だが、無条件で活用できる能力なわけじゃない」

ユウカの瞳の中で、羨望《せんぼう》と嫉妬《しっと》が——熱せられた飴《あめ》のごとく——渦巻くのを見たせいだろう。能力の説明に加えて、ハララはその発動条件と不便な点を続けた。

「まずは、僕自身が事件現場に立つこと……これは大前提だ。そして、被害者の名前と顔を把握している必要がある。事前調査が必須ということだな。さらに【過去視】が有効なのは、死体を中心とした半径十メートル程度……今のところ、視えるのは現場と死体のみで、その場にいた生物までは視ることができない」

ぱちくりと、ユウカはまばたきをした。つまり、現場に犯人が隠れていたとしても——おまえが犯人だと——即座に特定することはできないわけだ。何故《なぜ》、という疑問が、彼女の表情から溢《あふ》れだしていたのだろう。短く、ハララはその理由を答えた。

「……人間を視るのは苦手でね」

「で、でも、十分すぎるほど凄い能力だと思います！　これぞ【探偵特殊能力】！　うらやましいです！　憧れちゃう！」

「悪いが、賛辞は聞き飽きている」

「実際に、めちゃくちゃに褒められてそうですね……」

「……時間が惜しいな。とりあえず、視るとしようか」

そう言い、ハララは左手をあげ、左目を塞《ふさ》いだ。

瞬間、ユウカは背負っていた——ベルトを調整すれば、三通りで使える——お気に入りの紅《あか》い鞄をおろした。金具を動かし、レザー製の蓋《ふた》を開く。中から、彼女はスケッチブックと色鉛筆の箱をとりだした。まず、黒色をかまえる。

ハララは、なんだそれはという顔をした。

彼／彼女に向けて、ユウカは胸を張った。

「えへへ、ハララさんの能力がそれなら、私はちょっとだけですが、お役に立てるんじゃないかなーっと思います」

「……どういうことだ？」

「実は、私の【探偵特殊能力】は【スケッチ】なんです！」

元気な宣言に、ハララはかすかに片眉を動かした。どういう能力か、察しがついたのかもしれない。だが、説明は一応しておこうと、ユウカは続けた。

「あっ、私は探偵見習いですけど、能力としては完全に習得しています。探偵証もこのまだと授与してもらえるはずです！　ふふふっ……えっと、それで、この能力では、相手の語る言葉を聞けば、【その人の語った光景】を、私の主観や想像に影響されることなく、忠実に、ミスなく描き記すことができるんです！　ただ、それが【語った人】の【想像の光景】なのか、【実在した光景】なのかまではわからないんですが……」

「相手の想像に左右されることがある、ということか」

「はい。嘘《うそ》は嘘のまま描き記すことになります。ただ、ハララさんの場合、目にした光景をそのまま述べてくれれば、そっくりなものが写されると思います！」

そう、ユウカは告げる。

　彼女の能力は証言者の頭の中に描かれた、ぼんやりした像を、特定することに長《た》けた能力だった。その像自体に嘘があっても、暴くことはできない。だからこそ、ユウカは視点人物の主観に左右されない、ハララの能力がうらやましかった。それでも、彼女の能力は、目撃者自身が曖昧にしか語れない証言――目撃した犯人像や、犯行時の現場の様子――などの具現化には役立った。今回の場合も、活用できるだろう。

　ふむと、ハララは短くうなずいた。

「なるほど……本来ならば鮮明な伝達が不可能な目撃者の視界を絵にして再現できる一方で、あえての偽証には振り回される可能性もある、能力、か」

「その通りです！」

「……探偵としてはなんとも中途半端だが」

「うっ」

「今回に限っては、正直楽でいい。僕にしか視えていないものを説明するのは、いつも気の滅入《めい》る作業だからな」

「そうなんですか？」

「人間とは視えないものを信じようとはしない。嘘つき呼ばわりされることも今まで少なくはなかった……おかげで、リチャード氏のとき……『宝石商カンパネラ殺人事件』の際も、能力の説明をし、図面で当時の状況を語り、物証と突きあわせてと、証明するまでが大変だったよ」

ハララの言葉に、ユウカはうなずいた。彼／彼女の能力は、あくまでも過去が『視えるだけ』だ。その視界がどんなに正確だとしても、信じない者、あるいは誤りを主張し続ける者もいるだろう。探偵見習いとして、彼の苦労は想像ができた。

だが、今回はそんな心配は無用だ。ユウカは力強く語る。

「大丈夫です！　私はハララさんの【過去視】と、私の【スケッチ】を心の底から疑うことなく、信じますから！」

「……自分の【スケッチ】、も、か」

「あっ、ごめんなさい」

「かまわない。己の【探偵特殊能力】には自信を持つべきだ。探偵に一番必要な素質は、なににおいても人を疑う心ではあるが、この場合……と、語りすぎたな。続けよう」

片目を塞いだまま、ハララは意識を集中させはじめた。

その真剣で綺麗な横顔に、ユウカは一瞬見惚れた。だが、彼／彼女の口が開いたのを境に、首を横に振って色鉛筆を持ち直した。そして、目にも留まらぬ速さでソレを動かした。

スケッチブックに刻まれた絵。

加えて、ハララの語った言葉。

ふたつを合体させて判明した新事実は、以下のようなものだった。

＊＊＊

第一発見者は、鍵のかかった扉を破った。このとき、扉にもたれていた被害者の死体は移動をしたようだ。横に倒れた被害者の服には、ナイフやその周辺に血のついた指の跡が残されており――警察の初動捜査で確認をされているが、指紋発見の報告がなかったことから――犯人のつけたものではなく、被害者のつけたものだと推測がされた。

つまり、被害者は即死ではなかったのだ。

また、被害者の口元から喉にかけて、水で濡れた跡が見られた。

加えて、人形の頭がひとつ――現実の光景では、他の頭たちとまとめる形で片づけられてしまったらしく落ちていなかったが――開いた扉からすぐに見える位置に転がっていた。

そして、これが一番異なる点に思えるが――煙突の前に煤の跡はなかった。

以上を描き記して、ユウカはぱたりと色鉛筆を倒した。紙の上には、被害者の生々しい死体が再現されている。色鉛筆を動かしている間はなんとも思わなかったが、残酷な光景だった。一度目を閉じ、彼女は黙禱《もくとう》を捧げた。それから、ハララへとたずねる。

「色々とわかりましたが……この差異の意味することってなんでしょうね？」

「…………」

「ハララさん？」

「わかるが……それでは……いや……あまりにも簡単すぎる……つまり、」

「ハララさーん？」

「仮説は浮かんだ。あとは補強だ」

そう言って、ハララは歩きだした。彼／彼女は部屋から外へ出る。慌てて、ユウカは色鉛筆とスケッチブックを鞄の中へとしまった。茶色や薄橙色や赤色を——箱には並べずに——直《じか》に底へと放りこむ。蓋を乱暴に閉めると、彼女はハララの背中を追いかけた。

「待ってください、ハララさん。どこへ行くんですか？」

「調査の基礎は二つだ。まずは現場の確認、次は？」

「次、ですか……えっと、もしや」

「そう、君にもわかるだろう」

漆喰《しっくい》壁の美しい廊下で、ハララは立ち止まった。彼／彼女はユウカへと振り向く。ピッと、ハララは二本の指を立てた。それを一つ二つと曲げながら、彼／彼女は答えを告げた。

「証言の収集だよ」

＊＊＊

「旦那様の指名された探偵さん、ですか……はあ、随分と綺麗な人なのですなぁ……あっ、いえ、奥様が亡くなられたときの状況、ですか？」

「正確には遺体発見時の前後の状況と、君はあの夜にどう過ごしていたのか、についてだ。協力を願う」

ハララの言葉に、庭師は腫《は》れぼったい目を細めた。

むせ返るような薔薇の香りのする庭園で、彼は言葉に迷う。

庭師は五十代くらいの男性だった。吊《つ》りズボンとシャツ、ゴムエプロンという、土いじりに適した格好をしており、顔つきからは温和そうな人柄がうかがえる。同時に、そこからは生来のものと思われる気弱さが滲《にじ》みでてもいた。彼は使っていた剪定鋏《せんていばさみ》をエプロンのポケットに慎重にしまった。そして、オドオドとハララにたずねた。

「それは、アリバイってやつですかい？　私のことをもしやお疑いで？」

「全員に聞いて回っています！　ご協力をよろしくお願いします！」

落ち着かせるには、自分が声をかけたほうがいいだろう。

そう、ユウカは元気よく話しかけた。ハララはなにも言わない。それを聞いて、庭師はうなずいた。やはり緊張はとれないままのようだが、彼は口を開く。

「はあ……まあ、隠すことも恥じることもありませんので、お答えしますね。早く、奥様の未練を晴らしてあげてくださいませ」

「はい！　……ううっ、泣けるお言葉です。さぞかし、奥様は雇い人思いの方だったんでしょうね！」

「いえ、全然」

「えっ」

言いきられて、ユウカは思わず固まった。

故人の記憶とは誰もが美化をするものではないのか。しかも殺されたのならばなおさらだ。だが、庭師は岩に刻まれた傷のような、深い皺《しわ》を歪めた。硬い声で、彼は先を続ける。

「奥様が優しかったのなんて、今は寄宿舎で寝起きをされている末のお嬢様を相手にしたときくらいじゃないですかね……他には全員に厳しくて、我々の間でついたあだ名が『氷の女帝』ですよ……優しさなんざ、ありゃしない」

庭師の言葉に、ハララは目を細めた。考えるように、彼／彼女は腕を組む。

硬い声で、ハララはたずねた。

「つまり、誰もが動機をもちえた、と？」

「……そうは言ってませんや。家の中の誰が刺したかなんて、考えるのも恐ろしい。ただ、『殺された』のを見つけても……正直、なんでとは思いませんでしたね」

「……その口ぶりでは、遺体の第一発見者は君か？」

「へえ、そうです」

あっさりと、庭師はうなずいた。

思わず、ユウカは息を詰める。

これは重要な情報だ。なにせ、ハララの能力では『第一発見者』の見つけた光景が再現される。『犯人』でも『被害者』でもない——『第一発見者』のものが、だ。

つまり、『第一発見者』は犯人からは除外される。

果たして、ハララの見た視界が、本当に庭師のものかの断定は必要だろう。だが、一人を犯人候補から完全に除外できるのは大きい。

「なるほど、それでは……」

ハララは問いを口にしようとする。すかさず、ユウカはスケッチブックをとりだした。

ここでこそ、彼女の【探偵特殊能力】は発揮される。それを見て、ハララはうなずいた。

「いい判断だ」

「ハララさんに判断を褒められた⁉」

「それでだ、君は扉を開けた際……」

「華麗にスルー⁉」

「被害者の夫人がもたれていたとか？」

「はい……嫌な予感がしましたもんで、私が上のお嬢様といっしょに扉を蹴り破りましたら……変に重いなと思ったら死体が覗いて、もう、びっくりしました」

庭師の話によると――彼が扉を開いた瞬間、衝撃で夫人の死体は倒れたらしい。床にぶつかる音が確かにしたので、それまで扉を開いた者はいなかったと考えられるとのこと。

死体の向こう側に人形の頭が落ちていたため、彼は続けて夫人のビスクドールコレクションを見たという。その惨状《さんじょう》に、彼は――下手をすれば、夫人の死体発見時よりも――ひどい無惨《むざん》さを覚えたとのことだ。それから長女が窓辺にかけより、施錠を確認。そのまま、彼女は庭にいる長男に気がつき、鍵を開けて――確かに、直前まで閉まっていたのを、庭師も見たそうだ――長男に呼びかけた。

その間に、庭師は夫人の脈を確かめ、改めて死亡を突きつけられた。

「私に夜のアリバイはありません。奥様の毎夜積み重なっていくご希望のために、当日は庭園の改造計画をまとめていたもんですから。いやはや、凄い量の図面が必要でしたよ……ただ、打ち合わせを約束していた十時まで、二階にはあがりもしませんでしたね」

「その証明は？」

「残念ながら、ありやせん」

「でも、ハララさん。彼は犯人ではなさそうですよ？」

そう、ユウカは言った。彼女は庭師の証言を基に描いたスケッチを示す。

ハララは目を細めた。画用紙の上には、庭師が扉を開いたときの光景が刻まれていた。

そこには、ハララが【過去視】で視たものとほぼ同じ絵が広がっている。扉の開いた角度からして、彼が【過去視】の人物――『第一発見者』でまちがいはないだろう。

ユウカの能力では偽証の可能性までは否定できない。だが、扉の角度まで想像で一致させるのは不可能と思われた。ほぼ、断定といっていいだろう。

ハララはうなずいた。庭師に向きあい、彼／彼女は言う。

「以上だ。感謝する」

「はい……それでは、私は行きますね。しかし、奥様が亡くなられて、この薔薇園はどうなることやら。ここまで立派にしたのに、ただ枯れるばかりとされるのかもしれやせん。

ああ、残念だ……本当に、残念だなぁ」

それなら、いっそ火でも点《つ》けてやろうかな。

ぼそりと、庭師は小声でつぶやいた。

恐怖に、ユウカは全身の毛が逆立つのを覚えた。

庭師の言葉の奥底にはどろりと練られた闇が――本気の暗いかがやきが――渦を巻いていた。物騒な思考にもほどがある。

彼こそが犯人ではないかと、ユウカはハララの服の袖《そで》を引いた。だが、ハララはそれを無視して歩きだした。このままでは置いて行かれてしまう。慌てて、ユウカも薔薇園から遠ざかる姿を追った。館へと向かいながら、ユウカはかすかに振り向いた。

薔薇の中に埋もれるように、庭師は立っている。

シャッキンッと、彼は剪定鋏を開いて、閉じた。

＊＊＊

ガラス張りの本棚の並ぶ、豪奢な書斎にて。

カツリッと、硬くも、軽い音が鳴り響いた。

「発見時の状況と、アリバイ、ね」

チェスの駒を動かしながら、長女はささやいた。

女性……でいいんだよな。と、ユウカは思わず悩んだ。

長女は艶《つや》やかな黒髪に、アンバーの目の似合う、美しい人物だった。各部の色素からして、肥満する前の父親似、と言えるだろう。ただ、彼女は男装の麗人だったのだ。髪の長さも短く、ボーイッシュに整えられている。それでも、完全に性別不詳なハララとは異なり、白いボタンシャツの前は豊かな胸で膨れてもいた。

機能的なアームチェアに腰かけながら、彼女は歩兵の駒を指で撫《な》でて続けた。

「まさか、このアムネア＝トムソンを疑ってる？」

「……その盤面だが」

「ああ、これかい？　ちょっと一人遊びをね」

「駒の動かし方のルールすら守っていないようだが、もしやチェスができないのか？」

「ストレートに馬鹿って言うな！」

「言ってないが？」

冷たく、ハララは腕を組む。

その前で長女――アムネア――はわっと泣きだした。どうやら、とユウカは思う。チェス盤の前にいたのは、単に見知らぬ来客相手にかっこうをつけたかっただけだったらしい。

アムネアはチェスの盤面を勢いよく崩した。ガラガラと音を立てて、駒は飛んでいく。

　そして、アムネアは大袈裟な涙声で告げた。

「くそう、おまえたちも私をいじめる気だな！」

「ひ、被害者意識が強い」

「どうせ、私は馬鹿だよ！　頭はすっからかんで足りてやしないよ！　でも、そういうのはこの部屋の持ち主の、弟のダルメシアに任せてるんだ！　それなのに、あーだこーだ言いやがって……むむ、許せん！　殴る！」

「やめなさい！　ぶちますよ！」

「ごべんなさい！」

「反省が早い⁉」

　ユウカは目を剝《む》いた。彼女の脅《おど》しに対して、アムネアは頭を抱えて震える。さらに、べそべそと泣いた。子供のような反応に対して、ハララはふむとつぶやく。

「……まあ、僕に腕力で対抗しようというのは滑稽《こっけい》だが」

「なにか言いましたか、ハララさん？」

「どうでもいいことだ……さあ、改めて話、を」

　そこで、ハララは目を見開いた。だが、すぐに細める。うん？　とユウカは首をひねった。なんだろう。ハララの表情には、今までにない和《なご》やかさが加わっている気がする。その視線の先を追って、ユウカは気がついた。

「…………あっ、猫？」

足早に、ユウカは暖炉の前に近寄った。咎《とが》めることなく、ハララもついてくる。

ユウカは首を伸ばす。見れば籐編《とうあ》みの籠《かご》の中で、子猫がうにうに言っていた。その様は、まるで白い毛玉だ。不機嫌になった様子もなく、子猫は転がる。愛らしい桃色の肉球がハララに向けられた。だが、それには触れることなく、彼／彼女は表情をかすかに緩ませた。

思わず、ユウカはたずねる。

「ハララさん、猫が好きなんですか？」

「…………語ることではないな」

「いやいやいや、絶対好きですよね！　だってハララさんですよ？　あのハララさんの目に和やかさが灯《とも》るんですよ？」

「君は僕をなんだと思っているんだ」

「なんだい、猫好きか。話せるじゃないか！」

アムネアは声を弾《はず》ませた。ハララの隣に、彼女は靴音も高く並ぶ。

白い手を、アムネアは伸ばした。それに、猫は顔をこすりつけて甘える。愛《いと》しげに目を細めて、アムネアは美しくほほ笑んだ。嚙み締めるように、彼女はささやく。

「やっとアイツが死んだからよ。飼えると思って、不幸な猫を引き取ったんだ」

「えっ……お母さんが死んで、まだ解決もしてないのに」

「悪いか？　ずーっと、猫を飼うのが夢だったんだよ。口に出すことすら許されない、さ。言ったら最後。でも、家を出るのも本当に難しかったんだ……だから、常識はずれだろうがなんだろうが、放っておいてくれ」

アムネアはささやいた。その横顔は、まるでうなだれた花のようだ。うるんだ目には、言葉にはし難《がた》い、深い悲しみが浮かんでいる。なにを語るべきか迷って、ユウカは黙った。

ハララはアムネアの表情を見つめた。それから、彼／彼女は口を開いた。

「……それでは、改めて話を聞かせてもらえるか？」

「ああ、いいぜ。やましいことなんてないんだ。なんでも、話してやるさ」

アムネアは胸を張った。彼女は語りだす。

長女、アムネアの話に、庭師の証言との差異はほぼなかった。ただ、彼女が長男に呼びかけたときの状況についての詳細が追加される。ユウカのスケッチブックには、薔薇園から二階をふり仰ぐ若い男性の姿が描かれた。細身でかなりの美男子だ。黒髪とアンバーの瞳は、やはり、父親とアムネアに似ている。それを見つめて、ユウカはもしやとたずねた。

「弟さんとは双子ですか？」

「そうだぜ。一応、私のほうが姉ってことになってるけど、双子さ。弟のダルメシアとは仲がいいんだ……アイツはよ、私と違って凄く頭がいいんだぜ」

そう言い、アムネアは素直に笑った。屈託のない表情からは、本物の親しみの感情が覗いている。双子の姉弟《きょうだい》とはいいものだなと、ユウカは思った。

そこで、ハララは無言で片腕を振りあげた。ぴしいっと、アムネアは背筋を正す。

「ひゃいっ！」

「何故」

「……大体わかった。もう行こう」

そう言うと、ハララは歩きだした。なんだよー、最後までやなヤツだったなーと、アムネアは子猫に話しかける。白い毛玉はうにゃうにゃと応えた。ハート形の痣《あざ》のある鼻が、ぴすぴすと鳴らされる。その音を聞いてか、ハララは足を止めた。

アムネアに背を向けて、彼／彼女はたずねる。

「一応、聞いておきたいのだが……もしも、君の身になにかあったときには、その子の行く先の保証はあるのか？」

「馬鹿にすんな！　当然、猫好きとして決めてあるぜ！　私になにかあれば、友達がちゃんと引き取ってくれんだよ」

「……そうか、ならば」

安心した。

そう告げて、ハララは部屋を後にした。料理人とメイドにも、彼／彼女は話を聞いた。だが、そちらでは特筆すべき成果は得られなかった。二人とも、事件発生当時は仕事をしており、アリバイもなければ死体を見てすらいないという。リチャード氏は料理人が怪しいと言っていたが、根拠となるものは特になかったようだ。

それを聞き、ハララはうなずくと現場へともどった。室内では頭をもぎ取られた人形たちが死の彫像のごとく沈黙している。青い目の視線の中央で、ハララは告げた。

「密室を作った方法はわかった」と。

＊＊＊

「わかったというのは正確ではないな……何故ならば、現場を確認した段階で、すでに答えは出ていたからだ」

「すっ、凄い！　そんなことってあるんですか⁉」

「当然だ。君の前にいるのはハララ＝ナイトメアだぞ。こんなものは問題ですらない」

滑らかに、ハララは答える。その目の中にはハッタリではない、剣の切先にも似た、鋭い自信がかがやいている。それは探偵にふさわしい、星のような光だった。

やはり、ハララさんは流石だと、ユウカは拳を握る。

一方で、彼／彼女は首をかしげた。

「と言うかだ。ここまでは基礎中の基礎だと思うんだが。本当に、君はまるで気づかなかったのか？」

「ぐっ、わ、私は探偵見習いです、し」

「見習いでも探偵を名乗る以上は気づいて欲しいものだ」

「ぐ、ぐうう……気づけなかったので、教えてください」

ユウカはあっさり降参した。ここで頭の中を探っても、なにもでてこないのはわかりきっている。

「はぁ……まず、ハララはため息を吐いた。首を横に振り、彼／彼女は口を開く。

『何故、人形は壊されていたか』について。犯人が破壊した以上、それには理由がある。また、扉を開いてすぐ見える位置に、人形の頭がひとつ転がされていたのにも意味がある」

「それはなんでですか？」

今は壁際に寄せられている首を眺め、ユウカはたずねた。室内灯を反射したガラス製の眼球は、濡れているようにも思える。その冷たい輝きは、殺された憎悪《ぞうお》を訴えているかのようだ。ユウカは考える。何故、人形たちの首はもぎとられ、転がされたのか。

その理由について、ハララは語った。

「『人形に注目させるため』だ」

「人形に」

「これは『密室の開放後に、床についた煤跡』についての答えでもある。犯行時、部屋は確かに密室だった。ならば、犯人はどうやって逃げたのか？」

「ええ、それが問題で……」

「逃げてはいない。暖炉から繋《つな》がる煙突の中腹に隠れていたんだ」

あっと、ユウカは口を開いた。

そうだ。煙突は遠い出口を網で塞がれていた。そこから部屋へと出入りはできない。だが、中腹に隠れることならば可能だった。

あとは簡単な話だ。

人形の頭を見つけた目撃者は、半ば強制的にビスクドールコレクションの破壊に気づかされる。そちらに彼らの意識が集中している隙に、犯人は暖炉から飛びだして逃げればいい。そして、後からなに食わぬ顔で合流するのだ。

ならばと、ユウカは言う。

「な、なるほど！　つまり、第一発見者の庭師さんと共にいた長女アムネアさんと、庭にいた長男ダルメシアさんは容疑者から外れますね！」

「……つまらないことを言わないで欲しいな」

「えっ⁉」

「密室を作った以上、そこには意味がなくてはならない。ここでは、犯人候補から外れる者こそが怪しいんだ。つまり、メイドと料理人は除外してもかまわない」

静かに、ハララは言いきる。ううっと、ユウカは泣きそうになりながらも考えこんだ。

同時に、脳裏に浮かぶ姿があった。庭師が不吉な言葉をささやき、シャキンッ、シャキンッと、鋏を動かす。彼の粘つく言葉の中には、危険な思想が見え隠れしていた。

思わず、ユウカは声をあげた。

「わかりました！　ならば庭師さんが」

「君は、僕の【過去視】と君の【スケッチ】を心の底から信じるんじゃなかったのか？」

「えっ、ええっ……それじゃあ、誰ですか？」

泣きそうになりながら、ユウカは問う。ふたたびハララはため息を吐いた。だが、怜悧な視線をユウカから外し、虚空《こくう》へと投げかけた。なにかを考えながら、ハララはつぶやく。

「第一発見者が扉を開いたときには暖炉の中にいた以上、犯人は第一発見者と……共にいた長女アムネアは外れることとなる」

「ならば、長男ダルメシアさん？　あれ……でも、長女アムネアさんは、長男ダルメシアさんの姿を庭に見たと……」

「それは嘘であると考えるのが自然だ。アムネアは第一発見者ではない……加害者である可能性を持っている。つまり、殺害犯はダルメシアで、アムネアが偽証をした共犯というわけだ」

なるほどと、ユウカは興奮した。ぴょこぴょこと、彼女は飛び跳ねる。

これで、謎はすべて解けた。

そのはずだ。

だが、ハララはなにか続けようと口を開く。

そこで、扉が開かれた。低く、美しい声が流れだす。

「気づかれてしまいましたか」

「あ、あなたは……」

思わず、ユウカは声を震わせた。

その前で、細身の人間が優美にお辞儀をした。華麗に、相手は名乗る。

「どうも、ダルメシア＝トムソンです。父のお気に入りの【超探偵】がついに来たかと、挨拶にうかがったら……敵状視察の前に、バレてしまったのですね」

黒と白の独特なスーツを着こなした、男性がささやいた。髪の色は黒、目の色はアンバー。ユウカがスケッチに描いた通りの美青年だ。目の前にすると、その上品で知的そうな印象は更に高まった。頭を横に振って、長男――ダルメシア――は重く声を押しだす。

「バレてしまったのならばしかたがない。その推理通りに……母を殺したのは僕です。今更、言い訳はしませんよ、僕は……」

「どうして」

「ですから、今からそれを語ろうと」

たずねたハララに対し、ダルメシアは困ったように肩をすくめた。やれやれと、彼は首を横に振る。だが、ハララはその呆《あき》れを示す、芝居がかった仕草に構いはしなかった。

淡々と、彼／彼女は問いかけを続ける。

「どうして、嘘を吐くんだ？」

＊＊＊

「えっ？」

「へっ？」

ふたつの声が重なった。

ユウカとダルメシアの声だ。

なにを言っているのかと、ユウカは思った。先ほど、この推理を披露したのは、ハララ自身に他ならないではないか。だが、同時に、ユウカは気がついた。

確かに、ハララは先を続けようとしていた、と。

乾いた口調で、彼／彼女は言う。

「先ほども告げたとおりだ。こんなものは基礎的すぎる。問題にすらなっていない。ならば、『破られて然《しか》るべき密室』が作られたことにも、また意味があるはずだ」

「そ……それって」

「つまりこの問題自体が、僕の【過去視】の存在を前提とした引っかけ問題だったんだ」

ハララは断言した。

そうして謎解きは続く。

不意に、ユウカはある錯覚《さっかく》を覚えた——ここは舞台の上で、ハララ＝ナイトメアにだけスポットライトが当てられている——色素の薄い美しい人だけが、煌々《こうこう》と照らされていた。

圧倒的カリスマで、ハララはこの場の掌握《しょうあく》を続ける。

主役《探偵》として、彼／彼女は脇役に告げた。

「依頼人は言っていた。『家族にもハララさんの話を聞かせまくっていました』と、また、早口にすべてをまくしたてる癖がある。ならば、その家族は僕の【過去視】について詳細を知る機会がいくらでもあった」

「それは、あったでしょうけど……」

「故に、【過去視】で煤の跡を指摘されることを前提とした工作を行ったんだ……そうでなければ、おかしいことだらけだからな」

「な、なにが、おかしいのですか？」

震える声で、ダルメシアはたずねる。ぎらりと、彼はハララを睨んだ。だが、スポットライトは移動をしない。それは、ハララの頭上にだけかがやき続ける。

彼／彼女は滑らかに応えた。

「まず、本来ならば、被害者に睡眠薬を飲ませる意味がない。彼女は――カメラを睨んでいたことと、焦点が合っていなかったことから推測ができるが――目が悪いうえに、小柄な女性だった」

「あっ」

「彼女の隙を突くことはいくらでもできたはずだ。そうして殺して、密室などにせず、強盗の仕業にでも見せかけたほうがよっぽど合理的だ。それなのに、睡眠薬を水差しに入れたことで、一気に犯人は関係者内に絞られてしまった」

あっ、ああっと、ユウカはうなずいた。確かに、そのとおりだ。

警察の初動捜査だけでも、犯人が関係者内に限定されたのは、あの水差しのせいだった。被害者の女性が簡単に殺せるか弱い人物だった以上、あれを仕込む意味などない。

さらに、ハララは続ける。

「また、今回は被害者遺族たっての要望ですぐに僕が呼ばれたが、本来は警察の分析でも、床についた煤が暖炉のものだということは確認されただろう。しかも、続く捜査で、それは偽証だと明らかになる可能性が高い。それなのに手間暇をかけた理由は、依頼人は僕に解かせるだろうと最初からわかっていたから――――そうして」

じっと、ハララはダルメシアを見つめる。その鋭い視線に射貫《いぬ》かれて、彼は胸元を押さえた。まるで、心臓を貫かれでもしたかのように。そこに、ハララは更に言葉の刃《やいば》を押しこんでいく。

「世界探偵機構お墨付きの超探偵より、犯人の認定をもらうこと。それこそが、君の目的だったんだ。超探偵の手により犯人が認定されれば、その時点で捜査はストップされる」

つまり、犯人は他にいる。

ハララは言いきる。ユウカは言葉を失った。そんな目的のために、【超探偵】を使おうとする犯人なんているのか。だが、と、ユウカは思った。悩みながらも、彼女は口を開く。

「でも、ハララさん……それはおかしいですよ？」

「どこがだ？」

「長男、ダルメシアさんが殺していないのならば、第一発見者はダルメシアさんでなければならないはずです。だって、ハララさんの説のとおりであれば、ダルメシアさんは庭師よりも先に死体を発見して、殺害犯をかばうために見せかけの密室トリックをしこんだんですよね？　ならば、ダルメシアさんが第一発見者になるはずでは？　けれども、そうはならなかった……これでは、ダルメシアさんが密室トリックをしこんだタイミングがわかりません。それとも、ダルメシアさんが最初から共犯だったから、第一発見者にならなかった？　けれども、ハララさんの【過去視】の説明では、第一発見者から除外されるのは『殺害の実行犯』のみか、『共犯もふくまれるのか』は曖昧でした。もしもダルメシアさんが第一発見者として判定をくだされれば、すべてはだいなしです。そんな賭《か》けはしないんじゃ……」

「そ、そうだ！　そのお嬢さんの言うとおり！　僕が犯人以外の結論はありえない」

ダルメシアは訴える。己を犯人にしてもらうべく、こうして声をあげる時点で、彼はひどく怪しいといえた。だが、その主張自体には一理あるはずだ。

けれども、ハララは肩をすくめた。

「そう主張すると思っていた」

「えっ？」

「そのハードルを越えることのできる、ケースがある……ダルメシアが部屋に着いたとき、被害者がまだ生きていた場合だ。つまり、ダルメシアが部屋を密室にしたとき、被害者は刺されてはいたが死んでおらず、そこはまだ殺人現場ではなかった」

ハララは告げる。

そうだと、ユウカは思った。

ハララの【過去視】で目撃される光景は、殺害事件の現場に、第三者が踏みこんだ瞬間だ。つまり、ダルメシアが部屋に入った時、被害者がまだ生きていたとすれば。

話は通る。

「また、これは補足だが、水差しの中の睡眠薬が『犯人は家の中の誰かだ』と絞り込ませるために逆に利用された以上、本来の犯行には睡眠薬は使われなかった可能性が高い。被害者の服が濡れていたのもそのせいだ。ダルメシアが犯行後の被害者を発見、睡眠薬を水差しに仕込んだあと警察の捜査が解剖まで行った場合の保険として無理やりまだ生きている被害者に水を飲ませた跡、だ。被害者は睡眠薬を飲まされていた、事件は計画的なものだと判断させるためにね。あくまでも犯行は突発的なものだった。本当の順序はこうだ」

クライマックスが近づく。人形たちの沈黙が、先へ進むことをうながしている。一歩、ハララはダルメシアに近づく。その横顔は清廉《せいれん》として、気迫に満ちている。ユウカは思う。

ハララは悪魔のように美しい。

「長男ダルメシアは、死にかけている被害者を発見。誰の犯行か察し、救命活動は一切行わず、被害者の水差しに睡眠薬を混ぜ、さらに被害者にも一部無理やり飲ませた。そのうえで、密室を作りだし、犯人に携帯端末で電話し、自分がアリバイ作りに協力する、密室を作ると言い、その後の進行を頼んだ。おそらく、この段階で被害者はすでに瀕死であり、第一発見者は毎夜に打ち合わせ予定の庭師になること、彼が扉を破るのならばアムネアを頼るとの算段もしてあったんだろう。被害者が死亡、殺人現場が完成した際、ダルメシアは暖炉の中に隠れていて——死体を目撃することなく——第一発見者の条件からは外れた。アムネアはダルメシアの予想どおりに庭師に呼ばれて被害者の部屋を訪れ——、そうして、密室は破られ、【過去視】の状況ができあがった。僕に見えるのは、【第一発見者による死体発見時の状況のみ】。それを利用して、ダルメシアこそが犯人だと、僕に考え、断定してもらうことこそが目的だった」

だが、その目論見《もくろみ》は、夢のように崩れ去った。

「以上の条件から、犯人はすべての条件にあてはまるアムネア以外にありえない」

あるいは、悪夢のように。

ハララ＝ナイトメアの推理のもと。

ふらりと、ダルメシアは揺れた。だが、必死になって、彼は縋《すが》るような言葉を続ける。

「…………それでも、姉が……アムネア以外が、犯人の可能性も」

「無理だ。そうすると、今度は『ダルメシアが庭にいた』とアムネアが証言をした事実がおかしくなる。流石に、三人も共犯がいると考えるのは厳しい。ダルメシアとアムネアが共犯関係にあり、ダルメシアが己に殺人罪を確定させるのが目的だった以上、かばおうとしていたのは罪の軽いアムネアであると考えるのが自然だ」

最後の糸を、ハララは切断する。つまり、長女アムネアこそが直接の殺害犯だと。

がっくりと、ダルメシアはうずくまった。顔を覆い、彼は弱々しい笑いを漏らす。

思わず、ユウカは口を開いた。

「こんな回りくどいことをしないでも、長女、アムネアさんを説得して、ダルメシアさんが自分こそが犯人だと、自首する道もあったんじゃ」

「それでは、姉は——アムネアは納得しなかった」

細い声で、ダルメシアは答えた。ユウカはハッとする。それは己の計画を認める言葉でもあった。その前で、ダルメシアは艶やかな黒髪を掻《か》きむしった。彼は苦悶《くもん》の声をあげる。

「僕の選択は、アムネアに『君が止めても、僕は共犯だと名乗り出る。二人ともが罪を逃れるためにはこの方法しかない』と説得する意味があったんだ。彼女はかわいい馬鹿だ。僕の言うことを素直に信じた。そのうえで、僕が【超探偵】に指摘されて捕まれば、アムネアが自分こそが真犯人だと言いだしたところで、かばっているだけだと見なされ、誰も話を聞いてはくれないだろう？」

「そんなことを……」

「それだけが、僕の目的だったの、に……」

姉を殺人の罪から救いたかった。

そのために、【超探偵】の手で裁かれたかった。

長男ダルメシアの目的は、それだけだったのだ。ポタポタと、彼は涙を落とす。ぐっと拳を握り、ダルメシアは泣き続けた。その様を、彼に殺された人形たちが眺めていた。

嘆くように、

嗤《わら》うように、

沈黙したまま。

＊＊＊

「僕たちは、二人とも母を怨《うら》んでいたんだ……理由は……」

「虐待《ぎゃくたい》、だろう？」

ハララはささやく。ハッと、ユウカはまばたきをした。高速で、彼女は記憶を反芻《はんすう》する。

アムネアは彼女がぶとうとするとすぐに謝り、身を震わせて泣いた。ハララが片腕を振りあげると、背筋を正した。今まで、不意を打って、何度も殴られてきたのだろう。

それに庭師の証言では、彼女がかわいがっていたのは次女だけだったという。

「次女の外見は想像がつく……ここに並んだ人形たち。『すべてサイズがバラバラで、妙に統一感がある』これはバースデードールだ——だからこそ庭師は人形たちの壊された光景に無惨さを覚えたわけだ——次女の誕生日に、被害者は次女の身長と同じサイズの人形を贈り続けてきたんだろう。偏愛、とも言える。しかも人形を見るに、次女の顔は上二人とは違って母親似だ。それだけ、被害者は自分のことしか愛せない女性だったんだろう」

「……そんなに、わかっているのなら、どうして」

どうして、僕を犯人にしてくれなかったんですか？

泣きながら、ダルメシアは訴える。

ハララは首を横に振った。迷いなく、彼／彼女は応える。

「支払われた依頼料には誠意を尽くす……それが僕の矜持だ」

「そんな、ことで」

低く、ダルメシアはつぶやく。金と哀れな目的を天秤《てんびん》にのせ、そちらをとるのかと。

だが、ハララは探偵として続けた。

『『探偵はすべての謎を見逃してはならない。どんな真実であろうと必ず暴く』、『探偵はいついかなる時でも、事件の解決を第一に優先させなければならない』、『完璧な解決、完璧な推理のためには、すべての感情を捨て去るべき』――以上が【世界探偵機構】の理念だ。僕はそれを全《まっと》うするためにここにいる」

迷いなく、重く、ハララは語る。

それこそが探偵だと。謎を暴き、罪を晒《さら》す、探偵の決まりであり、業《ごう》だと。ユウカは、頭を殴られたような衝撃を覚えた。それはあまりにも、重い。

だが、それから、ハララは逃げないのだ。

背負っているのだ。


未解決事件を、解決することを。


「だから、僕は謎を解く」

「……っ、……あっ……あああああああああああああああああっ！」

懐《ふところ》から、ダルメシアは拳銃を抜いた。ユウカは目を剝く。彼は駆けだすと、それをユウカの頭へと突きつけた。ユウカは両手をあげる。混乱しながらも、彼女は本気の殺意に震えた。絶対に外さない距離で、ダルメシアは唾《つば》を飛ばしながら叫んだ。

「まだ手はある！　【超探偵】を見習いもろともブッ殺せば、そいつこそが、前の事件の殺害犯でもある！　他にいるはずがない！　そうだろう？」

「……なるほど。確かに、そう判断されるだろうな」

「なるほどじゃないですよ⁉」

あんまりな言葉に、ユウカは小声で文句を言った。

だが、ハララは何故か冷静なままだ。まったく、彼／彼女は動揺を見せない。それに勝手に煽《あお》られたのだろう。ダルメシアは歪んだ顔で続けた。

「二人とも死ねええっ！」

「やめな、ダルメシア！」

そこに、声がひびいた。

ユウカはハッとする。

開いたままの扉の向こうから、カツリと靴音がひびいた。黒髪を揺らして、豊かな胸を持った女性が現れる。凛と、彼女は顔をあげた。男装の麗人の——アムネアの登場だった。

短く、ダルメシアは息を呑んだ。

アムネアは彼をまっすぐに見つめた。ひどく悲しそうに、彼女は告げる。

「もう、やめな……ダルメシア。話は、聞かせてもらった。母さんを殺した私をかばうつもりだったなんて……賢いけれども馬鹿な子だよ、アンタは」

「でも、でも、姉さん、やっと自由になれたのに！　アイツは、姉さんのことを特に殴りながら、そのくせ、外に出るのも手を回していちいち邪魔をして……どこに逃げてもすぐに金の力で引きずり戻して……それなのに！」

「いいから！」

「だって、やっと、猫が飼えるようになったのに⁉」

吐くような勢いで、ダルメシアは訴えた。幼い子供のように、彼は泣く。

静かにほほ笑みながらも、アムネアは目をうるませた。

思わず、ユウカは息を吞んだ。

それは、ささやかな夢だった。本当に小さな、今まで口にすることすら許されなかった、悲しい願いだった。猫を撫でているときのアムネアの美しい横顔を、ユウカは思い描いた。

このままではと、ユウカは考える。

そんなことすら、叶わないなんて。

「ハララさん……本当にこの謎を暴くことは正しいんですか？」

「人が殺されているんだ。我々はその事実を忘れてはならない」

「でも、」

「誤るな。今、君は真実から逃げているわけじゃない。それにすら、遠く及ばない。君は、自分の感情から逃げているだけだ」

「私、は」

「それを背負う者こそが、探偵だ」

「それを、背負う者こそ、が」

くりかえし、ユウカはつぶやいた。ぐっと、彼女は唇を噛む。

今まで、ユウカは遠い星に憧れるばかりで、そんなことは考えたこともなかった。眩《まばゆ》い光を放つ裏側には、なにがあるのかを知ろうともしなかった。彼らがなにを抱え、なにと向きあっているのかを、直視しなかった。

二人の様子を見つめて、ダルメシアはなにかを叫ぼうとした。

けれども首を横に振ると、アムネアは穏やかに言いきった。

「いいから……むしろ、私は感謝すらしているんだ。後味が悪いだろうに、探偵さんはね、よく逃げずに謎を解いてくれたよ」

「姉、さん」

「おまえが罪を被ったら、私は幸せにはなれないからさ」

澄んだ目をして、アムネアは告げた。彼女は花のようにほほ笑む。

そこには、あの拭《ぬぐ》い難《がた》い悲しみはもうなかった。ユウカは思う。もしも、ハララが逃げていれば、この表情は見られなかったのだろう。だが、その決断は重責でもあった。

ダルメシアは片手で髪の毛を掻いた。ぼろぼろと、彼は涙を落とす。

混乱した子供のように、ダルメシアは引き金に添えた指を震わせた。

「それでも、僕は！　僕はぁあああああ！」

「ダルメシア！　っ、探偵さん！」

「……目を閉じていろ」

「えっ？」

ハララの言葉に、ユウカは不意を突かれた。瞬間、彼／彼女は手品のようにコインをとりだし、弾《はじ》いた。それは、ダルメシアの額に当たる。同時に、ユウカは自然と目を閉じた。


不安は、覚えなかった。

彼女にはわかっていた。


ハララならばなんとかしてくれると。

暗闇の中に、風を切る音と、殴打の音が響いた。そしてユウカが目を開いたとき、ダルメシアは床に伏せていた。呆気《あっけ》なく、彼は気絶させられている。なにをしたのか、どんな体術を見せたのか、一切を語ることなく、ハララはささやいた。

「事件は終了だ」

謎は解かれた。

罪は暴かれた。


「そうして……」

ユウカは低く問う。たずねるべきではないかもしれない。

それでも、耐えきれず、彼女は口にする。

「あなたは、これからも背負い続けるんですか？」

「当然だ。事件があるところに、僕は現れる」

迷いなく、ハララは応える。

これからも、変わりなく続けると。

「僕の力が必要になった際は、口にすればいい。その時はいつでも……ハララ＝ナイトメア、その探偵の名を呼びたまえ」

そう、ハララは言いきった。

呼ぶ声に自分は必ず応える。

探偵として、彼は約束した。

うなずき、ユウカは拳を握り締めた。

犠牲者でもある人形たちの沈黙の中、

アムネアは——殺人事件の犯人は——祈るように泣いた。

自分ではなく弟に。

赦《ゆる》しがあるように。

＊＊＊

こうして、事件は幕を閉じた。

娘が殺人罪で、息子が犯人隠匿《いんとく》および証拠捏造《ねつぞう》罪で捕まったというのに、リチャード氏は『ハラランの活躍が見られなかったこと』ばかりを気に病んだ。彼にとっては家族のことなど、本当に娯楽以下の価値しかなかったのだろう。なにもかもが歪《いびつ》で悲しい事件だったといえる。だが、ハララにはそれを解いたことに対する後悔はなかった。

謎が謎のままであれば踏み潰されていた想いがある。

それに後悔をしていては、探偵は先になど進めない。


彼女のように。


今、カフェで寛《くつろ》ぐハララの前には、一通の手紙が置かれていた。

ユウカ＝キサラギは、【超探偵】を目指すことをやめたという。


謎を解き、罪を晒す。

その重責に、自分は耐えられそうにないから、と。背負えない人間は、呼ぶ声にいつでも応えられない人間は、探偵になどなってはならない。そう、ユウカは結論づけたようだ。

ごめんなさいと何故か謝り、ハララの活躍を願うことで、彼女は末尾を締め括っていた。


手紙を閉じて、ハララは考える。

こうなる結果も予想はしていた。

ハララは人間を信頼しない。探偵見習いの選択など、三百万の借金の約束を除いて、彼／彼女にはどうでもいいことだった。けれども、

もしも、

いつか。

ハララの隣に並んで、尽力してくれる誰かが現れるとするならば。
彼／彼女が裏切られてもいいと、考えられる者が現れたのならば。

「僕は」

その先を、ハララは続けない。
無言で彼／彼女は立ちあがる。

そして、次の任務地へ向かった。

第一章　人形たちの沈黙

雨の降る街。
カナイ区へ。

CHAPTER

02

第二章

雨に笑えば

情報屋は激怒した。

必ず、かの邪知暴虐《じゃちぼうぎゃく》のマフィアを除かなければならぬと決意した。情報屋は情報屋のくせに謀略《ぼうりゃく》がわからぬ。情報屋は、単なる街の情報屋である。コンピューターと人の耳に頼り、犬と遊んで暮らしてきた。けれども邪悪に対しては、人一倍に敏感であった。

これはそんな情報屋と。

あるスターの物語である。

＊＊＊

雨が降る。

黒の中に、雨が降る。

水溜まりを蹴立《けた》てて、情報屋は夜を走った。

機能的なジャージに包んだ細身を活かして、情報屋はゴミの積まれた路地裏を縫《ぬ》うように急ぐ。ビルの隙間を通り抜け、蓋《ふた》つきのポリバケツと瓦礫《がれき》の間を駆けた。そこで、情報屋は鋭く後ろを振り返る。これで、少しは足止めになったはずだ。だが、まだ距離は稼げていない。前のめりに、犬のごとくしなやかに、情報屋は夜を進んでいく。

そのアイシャドウは溶け、視界は派手に滲《にじ》んでいた。

だが、それが涙のせいなのか、雨粒のせいなのかは、情報屋自身にもわからない。

顔に滴《したた》る雫《しずく》を、情報屋は払った。ごしごしと、みっともなく頬《ほお》を擦《こす》る。

だが、足を止めることなく、ただ走り続けた。

不意に、情報屋は思った。

この雨は、夜が泣いているのではないか――叶わなかった理想は砕け散り、涙となって街に降る――情報屋のような、深い悲しみを心の奥底に秘めて、街は嘆《なげ》き続《つづ》けているのだ。

雨の冷たさに、そうやって思考が意味なく、詩的にかたむきかけた時だった。

「――駄目だ。こっちじゃないや」

水を跳ねさせながら、情報屋は足を止めた。

いつの間にか、離れるべき館に再び近づいてしまっている。

雨のせいで迷ったのだ。これではいけない。

慌てて、情報屋は進路を変えようとする。その時だ。不意に、情報屋は気がついた。

「……あっ」

「ううっ……」

ビルに面した路面に、灰色の老人が座りこんでいた。濡れ崩れた新聞紙で体を包んで、彼は都会の吹き溜まりの中で一人寒そうに震えている。辺りに屋根はない。冷たい雨から、老人を守ってくれるものは存在しなかった。このままだと、彼は濡れ続けるだろう。

うーんと、情報屋は考えた。

あんまりにもかわいそうだ、と。

情報屋は少しだけ悩んだ。だが、結論はすぐにでた。

この先も傘を差す余裕はない。情報屋はもう散々に濡れている。家に帰りつけばドライヤーがある。だから手持ちのバッグから、折《お》り畳《たた》みの傘をとりだした。

まっすぐに、情報屋はそれを老人へとさしだす。

「使いなよ、おじいちゃん」

「……うっ、あっ」

「じゃあね！」

ウィンクをして、情報屋は走りだした。その勢いは、まるで嵐のごとく。老人を巻きこまないよう、情報屋は別の路地へと飛びこむ。暗闇の中に、細い背中は消えていった。

やがて、そこから銃声がひびいた。

それが、二日前の、雨の夜のことである。

今、その可憐《かれん》な姿は場末のバーにあった。


絶賛、情報屋はちゃらい男に絡まれていた。

＊＊＊

「オイラ、スター探偵のデスヒコ＝サンダーボルト！　ひゅー！　よろしくー！」

「……それってさあ、スターなの？　探偵なの？」

琥珀色《こはくいろ》の木材で構成された、落ち着いた空間で、情報屋は呆《あき》れた声をあげた。

その絶対零度の声に微塵《みじん》もひるむことなく、ナンパ男は滑《なめ》らかに語り続ける。

「ふっ、ある時は迷う人の浮かべる雨のような涙を払い。また、ある時は雨の代わりにオイラの音楽で、この街のみんなを溺《おぼ》れさせる……一つの器には収まりきらない。それが、オイラという存在なのさ」

「払ったくせに溺れさせてんじゃん」

「ふっ……真に罪深いスターとはそういうものだぜ」

「あっそ」

バーカウンターに、情報屋は頬杖《ほおづえ》を突いた。黒色のレースの袖《そで》がふわりと揺れる。

今日の情報屋は――先日の雨の夜とは打って変わって――華美なゴシックロリータに身を包んでいた。女性的な装飾《そうしょく》に惹《ひ》かれて、男がこうして絡んでくるのも珍しいことではない。だが、誘いの言葉に、情報屋はまるで興味がなかった。レコードから流れるジャズの音を聞きながら、マドラーでグラスの中を回す。そして情報屋は深々とため息を吐《つ》いた。

「……あーあ、こんな場末のバーにいるしょっぼい探偵じゃなくって、【超探偵】でもいてくれればなぁ」

「どうやら、お探しのようですね、カリスマを」

「帰って」

「ままま、ちょっと聞いて。それが、オイラこそが、その【超探偵】なんだよな!」

相手は胸を張ったようだ。

瞬間、情報屋はぐるりんと首を動かした。初めて、ナンパ男のことを直視する。

相手は黄色のパーカーに身を包み、巨大なリュックサックを背負った青年だった。緑の目と愛嬌《あいきょう》のある口元からはなんとも軽薄そうな印象が漂っている。が、顔立ちは決して悪くはない。しかし、情報屋にとって相手の外見のレベルなど、どうでもいいことだった。

重要なのは、今、耳にしたひと言である。あんぐりと口を開いて、情報屋は言った。

「えっ……嘘《うそ》。まさか、本当じゃないよね。【全世界の未解決事件撲滅《ぼくめつ》】を掲げる、超法規的探偵組織――【世界探偵機構】の……【超探偵】⁉」

「そう！　オイラこそ、そこに所属する【超探偵】さ！」

「嘘ッ⁉」

「本当！」

ますます、相手は胸を張った。

確か、デス……デスロッドとか言っただろうか。なんか、地獄の杖みたいな名前だ。

その青年は得意そうな様子を見せる。思わず、情報屋は手にしたロックグラスを呷《あお》った。中の酒を呑《の》み干《ほ》して、青年にずいっと顔を寄せる。ひゅうっと嬉しそうに口笛を吹いた相手に対して、情報屋は脅《おど》すようにたずねた。

「探偵証は？」

「このとおり」

パッと、彼は探偵証を示してみせた。流石《さすが》に、詳細を見せるわけにはいかないのだろう。素早く仕舞われてしまった。だが、確かにそれは探偵証だった。今まで、依頼を持ちこめないかと調べる過程で、本物の特徴は頭に叩きこんである。

ブツブツと、情報屋はつぶやいた。

「確かに……本物だ……偽造は不可能……これなら、少しは……」

「そう、本物だろ？　つまり、オイラこそが【超探偵】であり、スター探偵であるという……」

「ねえ、探偵さん。あなたの能力ってなに？」

「探偵じゃなく、デスヒコって呼んでくれ、お嬢さん。君と、オイラの仲だろう？」

「えーっと……デスヒロ、さん？」

「デスヒコ！」

「まあ、なんでもいいじゃない」

「シンプルに悲しいぜ」

「いいから」

「なんだい、レディ」

「あなたの能力は？」

「おおっ、そこ聞く？　聞いちゃう？」

「シンプルにうざい」

思わず、情報屋はぼやいた。

なんなんだ、このデスヒコという探偵は。

そう、情報屋は顔面全体で呆れてみせた。絶対零度を、更にマイナスまで下げる。だが、青年――デスヒコ――はめげはしなかった。ぴっと、一本、彼は指を立ててみせる。

それは、ほんのわずかな動作だった。

だが、瞬間、情報屋は空気が変わったように感じた。

まるで、この場所が、デスヒコを中心に動きだしたような。

自分が観客で、デスヒコがステージの上にいるかのような。

「一分だ」

「えっ？」

自信に満ちた声で、デスヒコはささやいた。緑の目を光らせて、彼は一流のマジシャンのごとく続ける。もっともデスヒコ自身の言葉を借りるのならば——マジシャンではなく——スターのように、が正解なのかもしれないが。

「神様がこの世界を創るのに何日かけたか知らねーけど、オイラはたった一分で世界を変えることができる」

そこで、デスヒコはウィンクをした。バーの席から、彼はふわりと降りる。トンッと床に立ち直し、デスヒコはお辞儀をした。その様は優雅とはいえないが、とても堂々としている。顔をあげて、デスヒコは迷いなく宣言した。

「特別にお見せするよ。オイラのショーを」

巨大なリュックを、デスヒコは降ろした。それは、彼の背丈ほどの大きさがあり、ほとんど簡易テントのように見える。まるで、人が丸ごと入れそうな造りだ。

首をかしげる情報屋の前で、デスヒコはリュックのジッパーを開けた。そして、なんとなく想像した通りにジッパーの隙間からリュックの中へと飛びこんだ。

なにごとかと、情報屋は思った。

リュックはガサゴソと揺れる。それから、数秒後――。


「じゃーん！」

リュックからは、情報屋が現れた。


「えっ⁉」

情報屋は心臓が止まったかと思った。

目の前には、確かに自分自身が立っている。もう一人の『情報屋』は服装も、髪型も、本物とまったく同じだった。目の色も骨格も同一。それどころか声まで同じだ。まるでドッペルゲンガーを目《ま》の当《あ》たりにしたかのようなうす気味悪さがある。

恐る恐る、情報屋は問いかけた。

「あっ、あの、デスヒコ、さん？」

「どうだい？　完璧な【変装】だろ？」

【変装】ってレベルじゃ……」

「この【変装】が、オイラの探偵特殊能力さ！」

情報屋のハスキーな声で、デスヒコは謳《うた》った。

今、バーカウンターにいる客は、情報屋とデスヒコだけだ。マスターはと言えば、何故《なぜ》か平然としている。嘘だろうと、情報屋は思った。こんな完璧な【変装】など、サーカスでも拝むことはできやしないのに。奇妙な緊張に包まれた彼女の前で、デスヒコは再びリュックの中に入った。

「オイラのリュックには、ありとあらゆる変装道具が入ってる……これらを応用すれば、ほぼ完璧にどんなヤツにでもなれるってわけ」

滑らかな語りの後、リュックの中からデスヒコがでてきた。ジャジャーンと、彼は両腕を開く。その姿は元の通りにもどっている。実に見事なものだった。

知らないうちに強張《こわば》っていた体を、情報屋はようやく弛緩《しかん》させた。細く息を吐き、情報屋は彼をまじまじと見つめる。続けてマスターに、情報屋は無言で手を突きだした。渡された酒を、情報屋は気つけがわりに一気飲みする。中に入ったチェリーを嚙《か》み砕《くだ》き、種を吐きだした。そうして、情報屋はたずねる。

「声や見た目だけじゃなくて、身長や体つきまでそっくりだった……」

「だろ？　だろう？」

「どういうことなの？」

「おおっと、言っておくけど、これは魔法でもなけりゃ、ちゃちなコピー能力でもねーんだ。オイラのは、あくまでも【変装】。高度に洗練された技術なんだよ」

自信に裏打ちされた声で、デスヒコは語る。技術と言うだけあって、彼は腕に覚えがあるようだ。グラスを揺らしながら、情報屋はなるほどと思った。これだけの技術の持ち主であれば、確かに【超探偵】に足るだろう。

慎重に、情報屋は詳細を探っていく。

「……でも、はじめて会った僕に、どうやって？」

「変装ってのは百パーセント同じ必要はねー。どうしても足りない部分は、全体の印象でカバーするんだ。要するに、視覚的にも心理的にも、【見せかける】ことができりゃいいってこと。まぁ、ぶっちゃけ……肉体的にはかなり無理してっけどな」

バキボキと、デスヒコは肩を鳴らした。

それはそうだろうと、情報屋は思う。関節を詰めたり、伸ばしているに違いない。その苦難は想像もできなかった。だが、平気な調子で、デスヒコはウィンクとともに語る。

「でも、君が驚いてくれたなら、無理した価値もあったってもんだぜ、お嬢さん」

ドヤッと、デスヒコはキメ顔をする。

一方で、情報屋はまともに話を聞いていなかった。情報屋の頭の中では得た情報が渦巻いている——つまり、デスヒコは完璧な変装をすることが可能なのだ。ソレは限定的な能力ではなく、応用の利《き》く技術的なものなのだから、当人だけでなく、他人を変えることもできるのではないだろうか——ぐっと、情報屋は拳を握った。

「凄い！　いける！　これなら、いける」

「おーい、聞いてるかな、お嬢さん」

「……目標に近づける！」

「おーい、オイラの……」

「ねえ、探偵さん、お願いがあるの！」

ガシッと、情報屋はデスヒコの手を握った。情報屋はめったに使わない『おねだりモード』に自分を切り替える。意図して、情報屋は目をうるうるさせた。その前で、デスヒコはあっさりと照れた。頬を赤く染めて、彼は応える。

「お、おう、君の頼みなら」

「詳細も聞かないんだ」

「だって、どうせうなずくしさ」

「決意が凄くない⁉」

「いやあ、それほどでも」

「褒めてないよ⁉　まあ、好都合だけど……あのね」

この幸運を利用しない手はない。精一杯、情報屋はかわいい顔をしてみせた。アイシャドウを盛り盛りにした睫毛《まつげ》をまばたかせる。そして、ぱたりと小首をかしげた。目の前の【超探偵】へ、情報屋は全身全霊をこめて訴える。

「僕のこと、助けて？」

＊＊＊

情報屋の話は単純明快なものだった。

悪者に奪われた、大切な品を取り返して欲しい。

叶えてくれればめちゃくちゃに感謝するし、恩人のことも好きになりそう。それこそ、キスのひとつでもあげちゃう！　なんなら、特別にデートだってしちゃうかも！

御伽噺《おとぎばなし》にでもなりそうなくらい、わかりやすい筋書きだ。

そう自嘲《じちょう》しながらも、情報屋は悲壮感《ひそうかん》たっぷりに語った。

「よよよよよ……マフィアに、おじいさまの形見の美術品を奪われてしまったの……奴らが盗《と》った物証はないから、警察は頼りにならない。でも、売り払われてしまう前に、なんとかして取り戻したいの！」

「おう、任せとけ！」

「えっ、詳細も聞かないの⁉」

「だって、君のためだろう？」

思わず、情報屋は目を丸くした。

その前で、デスヒコは当然だろう？　という顔をしている。

他人事《ひとごと》ながら、情報屋はデスヒコが心配になった。流石に罪悪感で、汗がダラダラ出る。

大丈夫なのだろうか、このデスヒコは。美人怪盗にでもあっさり騙《だま》されそうな思考回路だ。

だが、情報屋の目的にとって、彼の対応はそれこそ都合がよかった。

カウンターに料金を置きながら、情報屋は席を立った。

「ついてきて……ここから、歩いて行ける範囲だから」

「ああ、君の誘いならば、世界の果てへだって行くさ」

「そこまでは遠くないからね？」

「心の距離はいつでも密着だけどな！」

「ストレートにきつい」

「悲しいぜ」

そのわりには、デスヒコにめげている様子はない。肩をすくめて、情報屋は躍るように駆けだした。バーから出て、今日は晴れている夜の中を進む。

明るい月の下、デスヒコはその後ろに続きながらたずねた。

「で、具体的にはどこへ行くんだい、レディ？」

「マフィアの幹部のアジト」

「へっ？」

デスヒコはまぬけな声をだす。彼を振り向いて、情報屋はとっておきの笑顔で告げた。


「マフィアの幹部のアジトだよ」


ここで、デスヒコは断るかとも予想された。だが、流石は【超探偵】である。き、君のためならば、と彼はついてきた。単に【超探偵】であることは関係なく、デスヒコだから、かもしれない。どちらにしろ実に助かると、情報屋はしみじみと思った。

マフィアの幹部がアジトとしている豪奢《ごうしゃ》な館へと、二人は向かう。

やがて、情報屋たちは白一色の——逆に眩《まぶ》しすぎて悪趣味な——建物に着いた。

なんというか、キザな男のきらっきらに光る歯を連想させる館だ。だが、【統一政府】関係者でも住んでいそうな豪華さではある。その場所は、照明に煌々《こうこう》と照らされていた。警備がついた門を遠くに、情報屋はうなずく。

「ここだよ」

「入れ歯みたいな建物だな」

「うまいこと言うね」

「いやぁ、それほどでも」

「だから、いっつも褒めてないよ！　うーん、で、なにか手はある？」

「ああ、任せてくれ」

しばらく、情報屋とデスヒコは――監視カメラの範囲外の――植えこみの陰に隠れて、正門付近の監視を続けた。しばらくして、建物から人が出てきた。絵に描いたような、怪しい黒服である。量産型黒服として、ダース単位で売られていそうだ。

黒服の男たちは会話を交わす。重要そうな人物も乗せて、やがて車は走り去った。一連の様子を観察した後、デスヒコはうなずいた。リュックを、彼は地面の上へ置く。

「よしっ、さっきの奴で行くか！　準備はいいかい、お嬢さん？」

「いつだって大丈夫！」

「いい返事だ！」

「お願いね！」

「じゃあ……やろう！」

情報屋の手をとり、彼はリュックの中へと飛びこんだ。

その十数分後、ガタイのいいスーツ姿の男と小柄な少年が正門前に立った。少年の背中には、巨大なリュックが背負われている。スーツ姿の男は前に出ると、堂々と胸を張った。

現れた彼らの姿を見て、守衛の男は眉を跳ねあげた。

「……うん？　おいおい、おまえはボスの商談について行ったんじゃなかったのか？」

「……ボスに言われて、早めに帰されてな」

「それになんだぁ、そのちびっ子」

「コイツは親の借金について話があるそうだ。中で詳しく聞くように言われている」

「なんだよ。珍しいこともあるもんだな」

「額が額って話だ」

「……武器の類《たぐい》は持ってねぇだろうな……」

「身体検査は事前に済ませた……このまま、どっかの店に下働きとして放りこむことになるかもしれねぇ。リュックの中には、当座の生活用品を入れてあるんだよ」

「ふーん、いいぜ、通りな」

そう、守衛は門を開いた。

ガタイのいい男と、少年――もとい、デスヒコと、リュックを預かっている情報屋――は正面から警備の横をすり抜けた。

内心、情報屋はガッツポーズした。やっほーい、きゃっほーい、やったー、うぇーいとの歓喜の声を噛み殺す。正体がバレてもよければ、デスヒコさんヤルジャーンと、ウザ絡みをしているところである。ここまで上手くいくとは正直思わなかった。

必死に、情報屋は胸の高鳴りを抑えこむ。

いける。これならば、きっと、いける！

それにしても、デスヒコは流石だった。彼は正門付近での立ち話を短時間耳にしただけだ。それなのに、出かけたマフィアの下っ端の声だけでなく、口調までをもコピーしている。【超探偵】は伊達《だて》ではないと言えた。

さて、侵入を果たしてからはどうなったかというと。

あとの流れは実にスムーズだった。

外見も声も雰囲気も同じ人間を、疑う者などそうはいない。すれ違った黒服たちは、おそろいのサングラスを光らせながら挨拶《あいさつ》すら投げかけてきた。

「おー、お疲れー」

「お疲れさん」

「あっ、どーも」

第二章　雨に笑えば

「どもども、どーも」

難なく、デスヒコと情報屋は屋敷の中まで入った。

玄関ホールにはシャンデリアが輝き、悪趣味な黄金の裸身像が飾られている。思わず、二人はナニアレ？　さあ？　と会話を交わした。それから、ハッと辺りを見回した。だが、今は厳戒態勢というわけでもないのだ。他の黒スーツの姿は見えない。

奥に続く扉を、情報屋は指さした。

「あの向こうにある部屋を突っ切って廊下に出て、右に曲がって、突き当たりにある部屋に絵画が飾ってあるんだ。その後ろの隠し金庫に、おじいちゃんの美術品はしまわれているの！　多分、恐らく、きっと！」

「よし！　そうとわかってりゃ話は早い！　急ごう、お嬢さん！」

「だから、お願い！　行ってきて、デスヒコさん！」

リュックを返した後、情報屋は渾身《こんしん》のお願い声で言った。今までと同様に流されてくれるものだと思ったが、流石に無理だった。勢いよく、デスヒコはずっこける。

「まさかのオイラオンリー⁉」

「そう！　ダメ？」

「いやー、いくら、オイラがワンマンが似合うスターでも、そりゃないぜ」

「僕はここで見張りをしてますから！」

「お嬢さんには、オイラの活躍こそを見ていて欲しいんだけどな？」

「それに、それに、僕は足が遅いから、デスヒコさんの重荷になっちゃうの！」

実際は、情報屋は足が速い。その自覚もある。だが、情報屋はハムスターもかくやというまんまるな目で告げた。ついでに唇をアヒルのごとく尖《とが》らせて、甘い声をだす。

「お、ね、が、い」

「ううっ、それはハードすぎるんだけどな」

「ダーリン、よろしくだっちゃ！」

「しかたがないなぁ！　君のためだもんな！」

「えっ？　これで効果あるの？」

「うん？　なにか言った？」

「ううん！　わーいっ、デスヒコさん、かっこいい！」

ぴょんぴょんと、情報屋は飛び跳ねた。今の見た目は少年だが、元の情報屋を知っているデスヒコには相応の効果があったらしい。へへへっと、デスヒコはふたたび照れた。素直なことだ。気取った声の高さで、彼はささやく。

「なあ、お嬢さん。君さえよければ、この仕事が終わったら」

「レッツスタートミッションインポッシブル！」

「気が早い⁉　あのね、オイラのステージを……」

「見てあげるから、早く行ってよね！」

「あ、ああ。じゃあ、君のためだけの特別席を用意しておくから！」

デスヒコは――今の姿はガタイのいい男の姿だが――駆け出す。のしのしと、彼は遠ざかった。やはり、黒服の後ろ姿には量産型の趣《おもむき》がある。

それを確かめて、情報屋はよしっとうなずいた。緋色《ひいろ》の絨毯《じゅうたん》が敷かれた大階段を、そそくさと二階へ登る。そのまま、情報屋は足音を立てずに廊下を進んだ。やがて目的地にたどり着くことができた。該当の部屋を、情報屋は覗《のぞ》きこむ。

扉の前には、やはり黒スーツ姿の見張りが控えていた。

だが、その時だ。

不意に、屋敷中に甲高《かんだか》い警報が響き渡った。

「な、なんだ⁉　一階か？」

「一階ダヨー」

「なんか聞こえた⁉　まあいいや、一階だな！」

動揺して、守衛は走り去っていく。

情報屋はガッツポーズをした。やったー、ふへへー、サイッコー、と、脳内ではしゃぎまくる。情報屋は知っていた。絵の裏に隠し金庫があるのは本当だ。それは屋敷の構造を調べるうちに偶然入手した情報だった。また、その金庫の種類を聞くことで、別の詳細について知ってもいた。当該品は、不用意に開けようとすると警報が鳴り響く構造なのだ。

「ごめんね、デスヒコさん」

小さく謝り、情報屋は移動する。また、情報屋は別の事実も把握していた。ここは敵の巣窟《そうくつ》だ。どれだけデスヒコが逃げ回ってくれたとしても、稼げる時間は多くはないだろう。


つまり、この数分が勝負だった。

＊＊＊

スッと細く、情報屋は扉を開いた。キョロキョロと辺りを見回し、シュタッと移動する。滑らかに、情報屋は中へと滑りこんだ。

「…………ここまではよし、っと」

パタリと扉を閉めて、情報屋は深く息を吐いた。慎重に室内を見回す。中は物置にされていた。雑多な資料や本、ダンボール箱の類が積まれている。だが、ここがただの物置であれば見張りがつくはずもない。情報屋は視線を移した。床には新聞紙が広げられている。

その上に情報屋の女神がいるはずだ。

ふにゃふにゃで、あったかな存在が。

胸を高鳴らせながら、事前の調査通りに置かれたクッションを見て――。

情報屋は表情を凍らせた。

「いない……なんで？」

「お探しのモノはこれかな⁉」

「どれだよ！　って、えっ？」

背後から声をかけられ、情報屋はハッと振り向いた。

そこには、白スーツにオールバックを合わせた男が立っていた。彫りの深い顔立ちは一昔前に流行した俳優のようにも見える。だが、歯は白くキンキラキンで気持ちが悪い。また、その目の中には冗談抜きで剣呑《けんのん》な光が浮かんでいた。明らかに男は黒スーツの人員たちとは異なる臭《にお》いを放っている。金の臭い、硝煙《しょうえん》の臭いに血の臭いに、死の臭いだ。

まるで、暴力の具現化のような人物だった。

唇を噛みしめて、情報屋はその名前を呼んだ。

「ゴールデン＝スパイダー……って、アンタ、なんも持ってないじゃん」

「しょうがないだろ。モフモフに対して、アレルギーがでるんだから。毛が敵なんだよ」

「マフィアがなっさけない」

「アレルギー舐《な》めんな！　フフフフ、商談が延期になってよかったよ。先日の侵入の件以来、コレを狙う者がいることはわかっていたのでね。わざと警備を最小限にしたうえで、この部屋に注目していたんだが……見事に鼠《ねずみ》がかかったらしい！　ブワッハッハッハッハ！　ハクションッ！」

「……くっ」

高笑いに対して、情報屋は顔を歪《ゆが》めた。罠にかかったのは、デスヒコではない。情報屋自身だったようだ。だが、と、情報屋は思った。情報屋の向かった方こそをマフィアが警戒していたのならば、デスヒコは無事に逃げおおせた可能性もある。お人好しの彼ならば、きっと助けにきてくれる……そう、情報屋が思ったときだった。

「お仲間ならこっちだよ」

「デスヒコさん！」

今度こそ、情報屋は本気の大声をあげた。

ゴールデンの片手には、デスヒコがぶら下げられていた。黄色のパーカーがぶらりと揺れる。その変装は解けていた。深くうつむいた顔は見えない。だが、無事なわけがないだろう。彼を高く掲げながら、ゴールデンは言った。

「コイツは絵画の前に転がっていた」

「なんで、どうして⁉」

「知るか！　部下に倒されたんだろうなぁ」

「あっ……ああ」

顔を覆って、情報屋は座りこんだ。

なにせ、情報屋はほぼ戦闘能力をもたないのだ。悪あがきをしたところで、もうおしまいだった。打つ手がない。その心が折れたのがわかったのだろう。ゴールデンは尊大に指示を下した。黒スーツの男たちが、左右から情報屋を挟みこむ。腕を摑《つか》まれ、立たされた。虚《うつ》ろな瞳《ひとみ》で情報屋は従う。だが、ゴールデンの背後に視線を向け、思わず目を見開いた。暴れながら、情報屋は声をあげる。

「タロ！」

「抵抗するな！　連れて行け！　ソイツを沈める海は、ダーツで決めてやる！　ぶわっははっはっは、ハクション！」

再び、ゴールデンは高笑いをする。だが、情報屋は不快な声を聞いてはいなかった。一心に、情報屋は――ゴールデンのくしゃみの原因であろう――部下の黒服が腕に抱いた存在を見つめ続けていた。

まるで古びた毛布のような、老犬のことを。

＊＊＊

まず、好きなのは匂いだ。毛並みはちょっと獣くさいが、お日様のような温かな香りもする。次に、柔らかいことだ。もふもふとして、抱きしめると気持ちがいい。

最大は信愛だ。

こちらを信じて、心から愛してくれる。

あらゆるものを疑う立場の情報屋には、その愛情がなにより嬉しかった。

出会いは単純だった。道をふらふらと、飢えて歩いているところを見つけたのだ。そのときは一緒に暮らすつもりなどなかった。回復したら追いだそう。そう思っていたのに、いつのまにか手放せなくなった。寄り添って眠る温かな体が。ばうんっという、ちょっと濁《にご》った声が。心細いときに舐めてくれる舌が、大、大、大好きだった。

そんなことのために。

それだけのために、情報屋は命を懸《か》けられた。

そんな、つまらないことが。

なにより、大切だったから。

＊＊＊

「……………うっ」

痛みとともに、情報屋は目を覚ました。変装は解けていない。流石、【超探偵】が仕込んでくれた衣装だった。少年の姿のまま、情報屋は慌てて上半身を起こす。立ちあがろうとしたができなかった。足は固く縛られ、封じられている。キョロキョロと左右を見ると、ほの明るい暗闇が目に入った。

情報屋はすうっと息を吸いこんだ。

「がるぐるるるるるるっ」

続けて唸《うな》ってみたが、どうしようもなかった。

どれだけの時が経《た》ったのだろうと、情報屋は歯噛みした。だが、筋肉の痺《しび》れ具合からして、まだ、拘束されてからそこまで経過はしていないものと思われた。

今のうちに逃げなくてはならない。壁をぶっ壊すでも、扉を叩き割るでもいい。今こそ、眠れる力を呼び覚ますときだ。だが、実はわかっていた。それは不可能でしかない。

ここは、先ほどの物置とは別の小部屋だった。扉は閉められている。窓はない。外には見張りがいるだろう。そうでなくとも、情報屋は――すべてを壊すどころか――縄を解く術《すべ》すらもたなかった。つまり、万事休すだ。

「ちっく、しょう」

ゴッと、情報屋は床に額を打ちつけた。ぐるぐると目が回ると共に、脳内を深い後悔が巡る。もっと冷静に、計画を練るべきだった。いや、そんなことは言っていられなかった。だって、もう時間はなかったのだ。

それに、今更悔やんだところで運命は変わらない。どこかの冷たい海に、情報屋は沈められる。そして、魚の餌《えさ》になるのだろう。食べられるのなら、クジラがいい。いや、駄目だ。クジラの胃の中でゆったり消化されるのは洒落《しゃれ》にもならない。絶対に嫌だ。

なにより、自分が捕まっては――あの子が。

また、捕らえられたのは情報屋だけではなかった。

「……デスヒコさん」

そう、情報屋は顔をあげた。

見れば、デスヒコは隣に転がされている。無事かと、情報屋は彼を観察した。

「デスヒコさん、デスヒコさん」

「ぐっ……がっ……」

「デスヒコさん⁉」

「ぐがーごがー」

「って、寝てんのかよ⁉」

「ぴゅーひゅるるっ」

「しかも、変なイビキ！」

黄色のパーカーに包まれた背中は、定期的に上下をしている。

吠えながらも、情報屋は絶句した。どうやら、彼は寝ているらしい。この絶体絶命の窮《きゅう》地《ち》で眠るとは、呑気《のんき》にもほどがある。しかし、と、情報屋は思った。眠ったままでいたほうが、もしかして幸せなのかもしれない。気がつかないまま溺れ死んだほうが、きっと苦しくはないだろう。肺が水でたっぷり満たされるまで、起きないほうがいい。

だが、と、情報屋は泣きそうになった。

デスヒコは本当ならこんな目にはあわないでもいいはずなのに。

彼はウザいし、チャラいけど、真摯《しんし》で、

『君のためだから』と笑ってくれたのに。

唇を噛んだ後、情報屋は低く訴えた。

「ごめんなさい……デスヒコさん、本当にごめんなさい。巻きこんでしまって……僕はタロを連れて脱出後、警察に人が捕まっているとちゃんと助けを呼ぶつもりで……いえ、言い訳になんてなりませんね……僕は、あなたを騙してしまった」

返事はない。見事なイビキが続くばかりだ。だが、その掠《かす》れた音が『何故』とたずねているように聞こえた。なんで、どうして、巻きこんだのかと。こんな目にあわせたのかと。

顔を伏せたまま、情報屋はささやく。

「タロのため、だったんです」

そして情報屋は、
単純明快な話を始めた。

＊＊＊

あるところにお金持ちがいた。お金持ちは老犬を飼っていた。お金持ちは亡くなり、老犬は逃げた。老犬は無関係な第三者に拾われた。第三者と老犬は、それは幸せに暮らした。

だが、老犬は悪い人間に攫《さら》われた。

それには、ある理由があったのだ。

「タロの……老犬の体には、富豪の隠し財産の位置を示したＩＣチップが埋め込まれていたんです」

遺族に、老犬を寿命まで手元に置いて、飼うことを強制するための措置だったという。遺言状の『大切にすること』と併せて、この事実は効果を発揮するはずだった。

だが、富豪の商売仇《しょうばいがたき》だったマフィアにとっては、そんな約束事は守るに値しない。

そもそも、富豪は彼らに殺されたのだという疑惑すらあった。

マフィアは殺害現場から逃げだした犬を追った。

そして、先日、遂《つい》に見つけたのだ。

そうして、第三者――情報屋――のもとから、老犬――タロ――は奪われた。ＩＣチップが無理やりとりだしても壊れないものなのかを調べるため、マフィアは数日を費やした。

その間に、情報屋は老犬が奪われた理由を技術と知識と伝手《つて》をフル動員して調べた。事情を知っても尚《なお》、取り返そうとして、独自にマフィアの館の見取り図まで入手した。

そして、侵入しようとして失敗した。

雨の中を逃走し、情報屋は場末のバーで悩んだ。このままだと、すぐにでもタロが殺されてしまう。そう、困りあぐねていたとき、希望の糸に出会ったのだ。

【超探偵】、デスヒコと。

「……マフィアにも、富豪にも、僕は関係ありません。ただ、以前に老犬を拾っただけの自分にはなんの権利もない。それに、飼い犬ごときで、マフィア相手に動いてくれるわけもなくて……だから、警察には頼ることはできませんでした。それでも、僕はタロが大切で、共にいたいんです……僕の、僕の、僕の、タロ」

さめざめと、情報屋は泣いた。温かな体温を思い出す。柔らかな感触が蘇《よみがえ》る。

そんなものが、情報屋にはなにより大切だった。

まるで雨のように涙を落として、情報屋は声をあげる。

「隠し財産なんて、どうでもいい！　そんなものはいらない！　誰にだって好きにくれてやる！　僕はただ、タロと一緒にいたいんです」

「ぐっが、ごーっ、ごーっ」

「うっ……うううううっ」

だが、返事はなかった。デスヒコはイビキをかくばかりだ。低い声で唸りながら、情報屋は涙を流し続けた。そのまま、どれくらいの時間が経っただろうか。

やがて、軋《きし》みながら扉は開かれた。眩しさに、情報屋は目を細める。

光を背負いながら、ゴールデンは歯を光らせて笑った。

「おまえたちを沈める海が決まったぞ」

ご機嫌に、彼は黒服へ命令をくだした。それこそ、うきうきランランという感じである。人間を沈めるテンションとは思えない。舌打ちして、情報屋は言った。

「アンタたち、仕える主《あるじ》は選んだほうがいいよ」

「それは実は」

「俺たちも思ってる」

「思ってんのかよ！」

「やかましいぞ、おまえら！　さっさと運ばねぇか！」

怒鳴られて、黒服たちは——二人がかりで——情報屋を立たせた。デスヒコもだ。

引きずられて、二人は一階へ降ろされる。そのまま、ゴールデンは意気揚々《いきようよう》と外へ出ようとした。だが、そのときだ。玄関付近で、数名の黒服がわちゃわちゃとなにかを騒いだ。

不機嫌に、ゴールデンは白い歯を噛みあわせる。

「なんだ。どうした？」

「そ、それが、警察が」

「警察だとぉ？」

吠えるような声を、ゴールデンは喉奥からあげた。顎《あご》を振り、彼は手下に情報屋たちを隠すように指示をくだす。だが、その前に、制服姿の警官が、ゴールデンの前に躍り出た。

「どうも、どうも」

ひょこっひょこっと、警官はお辞儀をする。どうやら、命知らずな性質《たち》らしい。

制帽のツバを押さえながらも、彼は恐れることなく言った。

「いやーすみません。この屋敷で警報が鳴ったとうかがいまして。一応ね、職務ですので……仕方ないんですよー。本官、今日はお昼のオムライスおにぎりすらまだ食べてないんですよ。嫌になりますよね……おや、そちらは？」

「チッ……その泥棒だよ。こっちで処理するから、気にすんな」

「いえいえ、そういうわけには……これもやっぱり職務ですからね」

「おいっ」

「はい。ご理解いただけて幸いです。ふむ、どれどれ……」

耳にオムライスでも詰まっているのか、警官は情報屋に近づいた。

ゴールデンが、彼の後ろで拳を鳴らす。この警官を気絶させて、その間に情報屋たちを海に沈めるつもりだろう。お楽しみを邪魔する者に、このマフィアは容赦《ようしゃ》がないし、後のことはあんまり考えていない。情報屋たちの終幕の運命は、このまま変わりなさそうだ。

ああ、ここでおしまい。オサラバさらば。なんとも哀れな話だった。

虚ろな目を、情報屋は警官に向ける。制帽の下から、彼は視線を返した。

瞬間、情報屋は息を呑んだ。

その、わざと特徴を残したと思われる、軽薄な緑色の目！

「……デ、デスヒコさん？」

「あんたは優しい人だとわかってたぜ、お嬢さん」

瞬間、デスヒコはウィンクをした。

情報屋は呆気《あっけ》にとられる。その間に、よっと、彼は細身を担《かつ》いだ。そうして、懐から円筒状のものを取りだした。そのピンを引き抜き、デスヒコは床に勢いよく叩きつける。

状況は軽やかに一変した。

煙幕が、辺りに広がった。

＊＊＊

白い煙の中、情報屋は呆然《ぼうぜん》としていた。

いったい、なにが起きたのだろう。わけがわからない。デスヒコは、情報屋と共に捕まっていたのではないのか。ぐーすか眠っていた黄色いパーカーの人物は、確かに彼だった。

だが、不意に、情報屋は頭の中でパチパチとピースが音を立ててハマるのを覚えた。

（……デスヒコさんの【探偵特殊能力】は【変装】だ）

そして、彼は他人の姿をそれっぽく変えることもできる。

先ほど、ゴールデンは『絵画の前に転がっているデスヒコ』を見つけたと語っていた。

なにが起きたかは、知るものかとも。つまり、デスヒコがやられるところを、ゴールデンは目撃していないのだ。

真実はこうだろう。

デスヒコは黒スーツの一人を倒して、睡眠薬で深く眠らせることで入れ替わり、逃げだしていたのだ。そして、情報屋を助けにきてくれたのだった。うっそー、キャー、いやー、ハッピーッと情報屋は思った。ありえない話である。最高にマーベラスでラッキーだった。

その考えを読んだかのように、デスヒコはウィンクした。

「お嬢さんの本当の目的は、倒した相手に仕掛けておいた通信装置で聞いたのさ！　犬を助けたいなんてイカすじゃねえか！　完全に惚《ほ》れたわ！」

キラキラと目を輝かせて、デスヒコは言う。その笑顔には、騙されたことに対する影はない。どうやら言葉も本気らしい。思わず、情報屋は笑ってしまった。とんだお人好しだ。

だが、その甘さに、情報屋は瞬時に更に付け入ることを決めた。

情報屋はこのまま逃げることはできない。

まだ、絶対にやるべきことがあった。

「デスヒコさん、聞いてください！　僕はタロを……」

「わかってる！　いいかい、お嬢さん」

「へっ！」

「オイラと走り回るんだ！」

「えっ？」

「シャルウィダンス？」

「どゆこと？」

「逃げて逃げて、逃げまくれーっ！」

ええっ？　と情報屋は目を丸くする。

ちょっと言葉の意味がわからなかったが、それ以前の問題だ。デスヒコの立場からすれば、今すぐにでも外へ脱出したいのではないのか。何故、付き合ってくれるのか。混乱する情報屋の手足の縄を、デスヒコはサバイバルナイフで切った。情報屋を連れて、彼は勢いよく駆けだす。外ではなく、デスヒコは二階へと向かった。

本当に、逃げて逃げて、逃げまくるつもりらしい。

その目的がわからず、情報屋は混乱する。

一方で、煙幕に咳《せ》きこみながらも、ゴールデンは叫んだ。

「ゲッホ、ゴホッ、逃すか！　追え、追ええ！」

「めちゃくちゃうるさいな！」

「ご命令通りにーっ！」

咆哮《ほうこう》を合図に、黒服の集団が追いかけてきた。わぁあああああっと、黒の波が迫る。やはり、こいつら量産型じゃないかなと、情報屋は思った。どっかの店先でまとめ売りされているのだ。だが、そんなことを考えている暇はない。

「わああああああああああああああああああああああああああっ！」

「声が揃《そろ》いすぎてて気持ちが悪いな！」

「ナイスツッコミだぜ、お嬢さん！」

上を下への大騒動が起きる。サングラスをつけた怪しさ満点の集団を引き連れて、情報屋とデスヒコは走った。途中で黒服にぶつかりかけ、あっ、すみません、どーぞどーぞ、どうも、わぁあああああああのやりとりが挟まれる。まるで、コメディの一幕だ。

二人は二階を一周した。

そして、大階段まで戻ってきた。一階にはゴールデンがいる。逃げ場はない。

そう、情報屋が思った時だ。

「どりゃあっ！」

「えっ！」

「おっ、ととと」

デスヒコは手すりに跳び乗った。リュックから縄をとり出して、彼はそのまま跳躍する。

デスヒコはシャンデリアに着地した。一瞬、彼は転びそうになる。だが、軽業師《かるわざし》のごとく、上手くバランスをとった。情報屋は拍手をする。縄の先を握って、デスヒコは振り向いた。

そして、迷いなく告げる。

「お嬢さん、オイラを信じて！」

「まるで、映画みたいだね！」

応えて、情報屋は逆の縄の端を摑んで跳んだ。ひゃっふううううううっと、声をあげる。だが、勢いに反して飛距離は足りない。危うく落ちかける。だが、デスヒコが縄で吊りあげてくれた。なんとか、情報屋はシャンデリアの腕を踏む。

全体が危うく揺れた。だが、シャンデリアはぎりぎりで二人を支えてくれる。

思わず愉快な気持ちになりながら、情報屋はバランスをとった。

「よっ、とと」

「流石だぜ、お嬢さん！」

「これくらいは、ね」

「おらぁっ！　オイラたちのイチャイチャを邪魔すんな！」

「イチャイチャはしてないよ！」

追いかけて跳んできた黒服の顔面を、デスヒコは蹴った。きゅわああああああっと叫びながら、黒服は落下する。なんか変な悲鳴だった。次々と跳んでくる黒服を、彼は蹴っては落とし、殴っては落とし――最終的には手が触れてもいないのに、黒服は勝手に落ちた。多分、どうせ落とされるならと省エネしたのである。絶妙に、やる気がないようだ。

黒い姿は積み重なっていく。

しばらく、それを繰り返した時だ。

パァンッと、高い音が鳴った。

銃声だ。

ハッと、情報屋はゴールデンを見た。

二人に弾は当たらなかった。だが、彼は拳銃をとりだし、撃ったのだ。ゴールデンも本気だった。白い歯を光らせて、マフィアの幹部は獰猛《どうもう》に威嚇《いかく》をする。

「絶対に、仕留めてやるからな」

このままだと殺される。情報屋はそう怯《おび》えた。だが、瞬間、デスヒコは笑った。


ニヤリと苦境でこそ笑う、ヒーローのように。

あるいは、銀幕の中で輝く、スターのごとく。


「人に向けて撃ったあああああああああ！」

デスヒコは叫んだ。

はい？　と情報屋は首をかしげる。確かに、大ごとだろう。だが、そう叫んでもなにも変わらないはずだった。別に、なにがはじまるわけでもない。

だが、その瞬間、応えるように扉が吹き飛んだ。

「えっ、ええ？」

「発砲と聞いて！」

「発砲と聞いて！」

「発砲と聞いて！」

「発砲と聞いて！」

「発砲と聞いて！」

「発砲と聞いて！」

「発砲と聞いて！」

「発砲と聞いて！」

「発砲と聞いて！」

「いや、数多いな⁉」

「大人しくしろ！」

あれよあれよと言うまに、警察たちが突っこんでくる。

情報屋は呆気にとられた。見れば玄関の外では無音のままパトカーが赤い光を回している。おっ、おいと叫んだゴールデンが、どかばきどかっと取り押さえられた。数人にのし掛かられ、拳銃を奪われて、彼は手錠をかけられる。それを見て、黒服たちはゴールデンを置いて逃げ出そうとした。方々に散った彼らの間に、デスヒコは情報屋を連れて降りた。

そのまま、走りだすとたずねる。

「お嬢さん、犬の居場所に心当たりは？」

「えっと……普段使われていない部屋が怪しいかな」

「オッケー、急ごう」

「なんかよくわかんないけど……うんっ！」

騒動の中、二人は別室へと置かれたタロを見つけた。

そうして老犬を抱えると手近な窓から外へと逃げた。

手を繋《つな》いで。

二人一緒に。

＊＊＊

「元々、警察はマフィアが富豪を殺したんじゃないかと、疑っていたんだ」

薄汚れた路地裏、ゴミの間をすり抜けた場所にて。

警官の変装を解き、デスヒコはあの騒動がなんだったのかの種明かしを開始した。

そもそも、この一夜の始まりが正確にはどこであったのかも。

「それで前から【超探偵】にたのんで調査をしていた……つまりだよ。以前、館から遠くないこの場所にいた老人——お嬢さんが傘を差し出した相手——は変装した、調査中のオイラだったたってわけ」

ポカンと、情報屋は口を開いた。

まさか、デスヒコとそんな場所で会っているとは思わない。雨の降る日、あの侵入に失敗して涙した時から、すべては繋がっていたというのか。

驚く情報屋の前で、デスヒコはその先を語った。

「あの後、銃声がしたからさ。オイラはお嬢さんはマフィアと関係があると思って探したわけだ。それで場末のバーで見つけて」

「じゃあ、僕を口説《くど》いたのも任務の一環で……流石、【超探偵】……」

「いやー、ゴスロリ姿のお嬢さんを見た途端にど真ん中ストレート！　超好み！　オイラは任務も忘れて思わず口説いた！」

「…………あっそ」

なんだろう。一番計画的であって欲しいところがそうではなかった。

思わず、情報屋は半目になる。その前で、デスヒコは一転して真面目な顔をして続けた。

「でも、一般人に変装を見せたのはお嬢さんが事件に関係があるから披露しておいたほうがいいっていう判断からだぜ。あと、バーのマスターは事前に押さえておいた協力者さ」

「ああ、だから、マスターは変装を見ても驚いてなかったんだ……」

思いだしながら、情報屋はつぶやく。

その言葉に、デスヒコはうなずいた。そして、先を続ける。

「で、わざと誘いに乗って。あの館に行ったってわけだ。あと事前にマフィアが一般人らしき女性に発砲したことは、警察に伝えてあった。だから、あれだけの人数が近くに控えてたし、オイラの合図で駆けこんできたってわけ。いやー、なんかいっぱいいたよなー」

「そう、だったの」


謎はすべて解けた。


館の中で大騒ぎをして、発砲という事態さえ引きだせれば、警察は突入ができるとデスヒコは知っていたのだ。だが、と情報屋は思う。何故、ここまで付き合ってくれたのか。

自分で言うことではないが、嫌になって帰るのが普通ではないのか。

それに、最後に、情報屋と一緒に逃げてくれたのは何故なのか。

「……警察と帰ればよかったのに。なんで、そうしなかったの？」

「……ドタバタの中で君が捕まったら、タロは遺族のもとへ返される」

「へっ？」

「そうしたら、君は一人ぼっちで泣くことになるだろ？」

情報屋はハッとした。その前で、デスヒコは己の鼻を擦った。

彼はかっこうをつけながらも、心の底から思っている調子でささやく。

「オイラはある時は人の涙を払い、ある時は音楽でみんなを溺れさせる……矛盾してたっていいんだ。涙の海なんて、オイラには縁遠いもんさ。お嬢さん、君はオイラの行動を不思議に思っているかもしれない。だが、オイラに言わせりゃ、当然のことなのさ。単に、オイラはなにより」

そしてまっすぐに、
デスヒコは告げる。

「あの夜の、お嬢さんの涙を払いたかったんだ」


走りながら泣いていた。

君の涙を止めるためなら、オイラはなんにだってなるよ。

デスヒコは告げる。

あの夜、頬を濡らす雫は、情報屋自身にすら涙か雨かわからなかったのに。

いいや、きっと雨だったとしても、デスヒコは構わなかったのだろう。

一人の女性の笑顔を取り戻すために、彼は現れたのだ。

それこそが、スター探偵、デスヒコだった。

＊＊＊

だが、と、情報屋は思う。

デスヒコの計画には穴があった。

情報屋が老犬を連れ出してしまっては、ＩＣチップの証拠がなく、警察は富豪の件でマフィアを捕らえることができない。しかし、マフィアたちが裁かれるとしても、所詮、老犬攫いと隠し財産を奪おうとしていた罪のみで、どちらにしろ殺人の無念が晴らされることはなかった。それに、ICチップの確認のために、老犬は殺されてしまう可能性が高い。

「だから、お嬢さんは老犬と共に長く生きて――老犬が死んだあとに、すべてを警察に話して欲しいんだ。この音声装置を、君に渡しておく」

「これって」

「この中には、一連のドタバタ劇が、全部入ってるから……君の証言と合わせれば証拠になるはずだ」

「でも、それを警察に出したら、不法侵入の罪で、僕とデスヒコさんも捕まるんじゃ」

「あっ」

あんぐりと、彼は口を開けた。

そう、情報屋とデスヒコがマフィアの邸宅に侵入したのは罪にあたる。タロを助けるためではあった。だが、情報屋は本来、老犬に対してなんの権利も持っていないのだ。悲しい話だった。普通は捕まりたくなどない。だが、情報屋は音声装置をぎゅっと握りしめた。

決意をこめて、デスヒコへ問いかける。

「それでも、僕はいい……デスヒコさんは？」

「……いいさ、君のためならば」

「ありがとう」

思わず、情報屋は笑った。雨の中の泣き顔を忘れて、ごくごく自然に口元をほころばせる。タロが奪われて以来、笑うのは本当に久しぶりだった。その腕の中で、タロがばうんっと鳴いた。照れ臭そうに、デスヒコも笑う。

しばらく、二人は笑い合った。

雨の日の涙を忘れたかのように。

だが、不意に、デスヒコは顔を引き締めた。今までにない決意の表情で、彼は胸元に手を押し当てる。そして片腕をあげて、情熱的に告げた。

「それで、オイラはお嬢さんに言わなきゃいけないことがあるんだ」

「………なにかな？」

「結婚してくれ！」

その場に跪《ひざまず》いて、デスヒコは声をあげた。顔は真っ赤で、うぉおおおおおおおおといぅ気迫が感じられる。ぱちくりと、情報屋はまばたきをした。なにを言われたのか、本気でわからなかった。一瞬後、頭の中にうっそー、えーっ、なにーと声が回った。

ほへっと息を漏らして、情報屋は慌ててたずねる。

「け、結婚⁉　本気で言ってるの？」

PARK

「ああ、本気だよ。世界中どこを探したって、君ほど優しい人はいない。オイラと一緒になってくれ！　なっ！」

デスヒコは真剣に続ける。その緑の目は、キラキラと情熱的に輝いていた。正直、かっこよくはある。かわいくもあった。だが、それ以前の問題なのだ。

うーっと、情報屋は腕組みをした。言いたくない。だが、これは言わなくてはならない流れだ。そうしなければ、不誠実だろう。なにせ、デスヒコは本気なのだ。だから、情報屋もまた、真剣に返す。

「残念だけど………」

可憐な少女に見える――実はそうではない情報屋は、首を横に振った。

「僕は男なんだ」

＊＊＊

つまり、情報屋は女性的な男性だった。

その声だけは、ハスキーに低い。趣味は女性的な服を着ること。男に口説かれることも常日頃から多かった。それに嫌悪《けんお》を覚える性質ではなかったし、己のかわいさが武器になることも知っている。めっちゃ、自分キュートでラブリーじゃーん！　性別を超えたパーフェクトな存在！　とも思っていた。

だが、残念ながら……。

「うーん、僕が男性を好きならよかったんだけどねぇ。デスヒコさんは素敵だと思うけど、好きなのは女性なの。ごめんね」

「お、男ぉっ⁉　た、確かに筋肉のつきかたや、骨格、声の調子から判断するに女性としてはおかしな点も多々見られたけれども、かわいいからそんなことはないだろうって信じてたのに？」

「完全に希望的観測を優先してたんだねー」

「いや、でもオイラ男でもいけないことはねぇし、君なら全然いけ……」

「僕が嫌だって言ってるでしょ」

ズバンと、情報屋は切って捨てた。

それに、情報屋は自覚してそうふるまっているが、単なる情報屋にすぎない。

彼は物語の裏方に立つべき立場だ。だから、名乗りもしなかった。

情報屋が誰かのヒロインになることはない。

ガクリと、デスヒコは崩れ落ちる。なんか、燃え尽きたようだった。しばらく、彼は沈黙した。だが、こーいうのは無理強《むりじ》いはよくねぇんだよなぁああああああああと、哀れに泣きだした。その姿を、情報屋は見下ろした。このまま去っても、別によかった。

だが、少し悩んだあと、彼は身をかがめてその頬にキスをした。

チュッと音を立てた後、情報屋は踵《きびす》を返す。

「じゃあね、スター探偵さん」

「ほへっ」

「かっこよかったよ」

ばうんっと、タロが鳴く。

ぱちんと、情報屋はウィンクをする。


それが、最後だ。

老犬を連れて、情報屋は場を離れた。


そうして、彼は家に帰った。

大事な犬を、両腕に抱えて。

＊＊＊

数日後、ラジオで、情報屋は続報を聞いた。

未解決だった富豪の殺人事件――その容疑者として、ゴールデンを含む、マフィアの幹部数名が逮捕されたという。

隠されていた物証が発見され、各自のアリバイトリックは暴かれたとのことだ。事件を真実の光で照らしてみせたのは、【世界探偵機構】の最も優れた探偵だったらしい。

その結果、情報屋が自首する必要もなくなったと言える。

報道を聞きながら、情報屋は思った。

殺人事件の証拠をあげられなかった段階で、デスヒコの探偵としての能力は――変装を除いて――あまり高くはなかったのだろう。けれども、彼がただの優秀な探偵であったのならば――スター探偵でなければ――ここにはいなかったものがある。

情報屋にとって、デスヒコはただ一人の名探偵であり、スターだった。

「ねぇ、タロ。そうだよね」

デスヒコのおかげで、ここにいる犬――タロは、ばうんっと、高く鳴いた。

その体を抱きあげ、情報屋は目を閉じる。いい匂いを吸いこんで、彼は思う。

こんなにも、タロは温かい。

そして、彼は明るく笑った。

＊＊＊

一方、場末のバーにて、デスヒコはコーラを飲んでいた。

時に涙を流し、時にキリッとしながら、彼は百面相を披露する。バーのマスターに哀れみの視線を注がれながら、デスヒコはブツブツとつぶやいた。

「あれは、押せばいけたんじゃ……ちょっと、ぐらっときてたような気がしなくもないような……いやいや、無理やりはかっこよくねぇよ、オイラ。スターのやることじゃねぇ。でもなぁ……」

ハァと、デスヒコは深々とため息を吐いた。首を横に振り、彼はコーラを飲み干す。

同時に、デスヒコは思った。事件解決は、結局、別の【超探偵】が行ったらしい。彼は真実を明るみにだすことはできなかった。だが、と、デスヒコは思う。

もしも、
いつか。

デスヒコの隣に並んで、尽力してくれる誰かが現れるとするならば。
彼がマイメンと呼べるようなバンドを組みたい者が現れたのならば。
「あーあ、そんな奴がいればなぁ……オイラだって、もっと、こう、パーッと……って、嘆いててもしかたねぇか。ごちそうさん」

オイラは行くよ。
次のステージへ。

そして、デスヒコは続けての任務地へ向かった。

雨の降る街。
カナイ区へ。

CHAPTER

03

第三章

禁じられた童謡

死はいつも、道の先で人々を待ち構えている。彼らを首尾よくやりすごし、道の果てにたどり着いたとしても……そこには残酷な真実がある。

生きるとはつまり、死に続けること。
人は誰しも『歩く死体』にすぎない。

そう、彼は学んだ。
だから決めたのだ。

死体たちに、唯一絶対の一人を作ることを。

それは希望か。
または絶望か。

どちらでも構わない。
確かなことは、一つ。

その者の名前は、永遠に残るだろう。
たとえ、ここが終わろうと、
失われることなく、永遠に。

＊＊＊

「……あっ」

ざあっと、冷たい風が流れた。

ミサキ＝カツラギは短い茶色の髪を押さえる。

辺りに木の葉と黒い鴉《からす》の羽根が舞い落ちた。どうやら近くに巣があるようだ。親鳥が警戒しているらしき、甲高《かんだか》い鳴き声がひびく。それに対して、彼女は不吉な想いに駆られた。

おずおずと、ミサキは眼鏡越しに目の前の建物を見上げる。

そこには灰色の空を背景に――学園端に位置する――教会が建っていた。その全貌《ぜんぼう》には、丁寧な清掃がなされている。それでも白塗りの壁はくすみ、ステンドグラスは薄《うっす》らと濁《にご》り、金属飾りも錆《さ》びかけていた。なにせ、古い建物なのだ。神聖さと不気味さが同化している。

その雰囲気に飲まれたかのごとく、ミサキはつぶやいた。

「ううっ……なんだか、不安ですね」

少しだけ、彼女は心が怯《ひる》むのを覚えた。

もう、ここに約束の相手は来ているだろうか。そう、ミサキは考える。

他でもない【超探偵】と、彼女は待ち合わせをしているのだ。

ミサキこそが相手を校舎まで連れて行き、案内する役だった。

本当はそんなこと、彼女はやりたくない。万が一、事件解決の足を引っ張ってしまったらと思うと、身に余る重責だ。だが、適任は他にはいなかった――【被害者】たちと接点がなく、唯一【犠牲】の出ていないクラスの学級委員長――それこそが、ミサキの立場だった。この件で、教師はあまり動くことができないという。担任の気の弱い女教師には――あなただけが頼りなのと――泣きながら懇願されてもいた。そこまでされて、ミサキに断れるはずもなかった。改めて、彼女はため息を吐《つ》く。だが、考えれば考えるほど、ここに来る以外の選択肢はなかったとの結論がでた。それに四の五の言ってもいられない。

真実が明るみにならない限り、【犠牲】は積み重なるばかりなのだから。

もっとも、もう手遅れかもしれないが。

「行くしか、ありませんね」

よしっと、ミサキは決意を固めた。

そして——黒くて重い——ベルベット調の生地で作られた制服を整えた。スカートの裾《すそ》の乱れを直して、胸元の幅広のリボンを結び直す。息を吸ってから彼女は深く吐きだした。

準備はいいかと、自分に問う。大丈夫だ。気合いを入れると、ミサキは歩きだした。


教会の中。

【超探偵】との約束の場所へ。

＊＊＊

湿った木製の扉を開く。ギイイッと、軋《きし》んだ音が鳴った。

「あのー……ごめんください」

ミサキの挨拶《あいさつ》は、広い空間に虚《うつ》ろに反響した。見れば、中には等間隔に長椅子が並べられている。その先、遠くには祭壇があった。ヴェールをかぶった、女性の像もたたずんでいる。隅には古いオルガンが置かれ、ステンドグラスからは色とりどりの光が落ちていた。

そして誰もいない。

人の姿はなかった。


緊張しながらも、ミサキは神聖な場所を進んだ。カツン、カツンと足音がひびく。

なにごともなく、彼女は祭壇前にたどり着いた。ふうっとミサキは細く息を吐く。

どうやら、まだ【超探偵】は来ていないらしい。遅刻をするとは失礼な話だ。だが、彼女からすればありがたくもあった。今のうちに少しばかり心を立て直して、余裕を持とう。

そう、ミサキは全身を弛緩《しかん》させた。目を閉じて、彼女は背筋を伸ばす。

次の瞬間だ。

「…………っくしゅん！」

「ひゃっ！」

「ごめんね……鼻に埃《ほこり》が入っちゃって」

どこからともなく、声が聞こえてきた。だが、視界には誰もいない。いったいどこからと、ミサキは混乱する。しかし、いくら探そうとも、相手の姿は見えなかった。まさか、これが噂《うわさ》に聞く【探偵特殊能力】かと、彼女は戦慄した。だが、すぐに違うと気がつく。

恐る恐る、ミサキは身を屈《かが》めた。

「な……なにやってるんですか？」

祭壇の下には人が入っていた。緑の髪の鮮やかな、独特のデザインの黒服を着こなした男性だ。長い手足を、上手く空間内に収めている。死んだ目をして、彼はミサキに応えた。

「なにもしてはいないよ……ただ、強《し》いて言うのならばそうだな。湖畔《こはん》に一人膝を突いて、霧の中で足音に耳を澄ませている……そんな気分かな」

「は、はあ……よくわかりませんが、ご自由にどうぞ」

なにか、よくわからない人だ。これは邪魔をしてはいけない。そう、ミサキは祭壇から離れた。だが、数秒後、バッと、彼女はふたたびそこを覗《のぞ》きこんだ。

「待ってください。それって、つまりは『人を待ってる』って言ってません？」

「そう、言い換えることもできるかな……」

「うっそ、まさか」

ぐらり、ミサキは目眩《めまい》を覚えた。だが、なんとか立ち続ける。えーっと、と彼女は額をこんこんと叩いた。多大な嫌な予感に震えながらも、ミサキはたずねる。

「もしや、あなたが、私と待ち合わせをした【超探偵】？」

「そう、言い換えることもできるかな……」

「言い換えるもなにも、そうなんですよね？」

思わず、ミサキは語気を強めた。違うのならば、言って欲しい。

だが、相手は最悪の答えを続けた。

「そうだね……【世界探偵機構】から派遣をされたよ」

「そんな馬鹿な。いや、でも、ここに探偵を名乗る者がいるということは、そういうことなんですよね……でも、そんな馬鹿な」

「君こそ……事実を認めているのかそうでないのか……わからない答えだね」

「理性では理解をしているんですが、本能が拒絶をしているんですよ」

ううっとミサキは唸《うな》った。【超探偵】である以上、相手が癖の強い人物であることは覚悟していた。だが、まさかこんな人が来るとは思わない。軽く想像の範疇《はんちゅう》を超えている。

だが、なんとか、彼女は事実を呑《の》みこんだ。

「……うん、よし、わかりました。あなたが待ち合わせの相手ならばしかたがありません。私は案内の義務をちゃんと果たしますので、いっしょに行きましょう」

「その話だけれどもさ……本当に行かなくちゃいけないのかな？」

「えっ」

濁った声をあげて、ミサキは足を止めた。すっぽりと、【超探偵】は祭壇下に入ったままだ。動きだす様子はまったくない。緩く首を左右に振り、彼は続けた。

「『動く』よりも『動かない』のはどうかなってこと……それはね、進歩的な文明人にだけ許された行為なんだよ」

「あの、その」

「安楽椅子探偵という言葉もある……真実へ近づくのに移動距離は関係ない」

「それはそうかもですが、今回のケースでは」

「むしろ……部外者が物事に介入することで事態が変容し、真実があらぬ方向へ歪《ゆが》められることもある」

「……えっと」

彼の言うことには確かに一理あった。閉じられた学園に部外者が介入する、そのことで起きる化学反応は正直底知れない。確かに恐ろしくはあった。だが、とミサキは口を開く。

呆《あき》れと深い疑問をこめて、彼女はたずねた。

「……ならなんで、あなたはこの場所に来たんですか？」

「私自身……よくわからない。死に場所を見つけに来た……と言えるほど積極的に死に急ぐだけの感情はないし……探偵として真実を求めに来た……なんて、そこまで純粋でもなければ真摯《しんし》でもない。ここに来た理由があるとすれば……生き長らえることに対する焦燥感……とでも言うべきか……いや……」

そこで、遂《つい》にミサキは弾《はじ》けた。

相手は死に場所がどうこう言っている。その背景には、なにやら複雑かつ悲痛な事情を読みとることができた。だが、ミサキのほうも、既にいっぱいいっぱいなのだ。

相手の語りに構う余裕などない。

「もーっ！」

「わっ」

いきなり、彼女は【超探偵】の手を摑《つか》むと思いっきり引っ張った。

ぴーんと、腕は伸びてしまう。それでも、ミサキは精一杯の力をこめた。

「ちょ……痛い。そんなに強く引っ張られたら、千切《ちぎ》れてしまうよ」

「なんでもいいですから、さっさと早く出てきてくださいまし！」

「千切れる……ああ、なんて運命だ。ここが私の死に場所だったか……」

「そうでないと、そうでないと」

思わず、ミサキは目をうるませた。ぎゅうぎゅうと、千切れんばかりに――いっそ千切れてもいいと――【超探偵】を引っ張りだそうとしながら、彼女は叫んだ。

「学園で人がたくさん死んでるんです！」

その涙。

その声。

まるで悲鳴のような。

それを聞き、流石《さすが》に【超探偵】は動いた。

祭壇の下から、彼はもそもそと出てくる。スタイルのいい全身があらわにされた。トンッと、彼はミサキの隣に立つ。そして、黒服についた埃を払うと告げた。

「…………事件について教えてくれるかな」

これが、ミサキ＝カツラギと。

【超探偵】ヴィヴィア＝トワイライトの出会いであった。

そして、学園にはびこる、【魔女】の物語の、

残酷《ざんこく》で歪《いびつ》な、幕引きへ向けての始まりだった。

＊＊＊

「私たちは、全寮制の共学の私立高に属しています。そこの生徒たちの間で、不審な……表向きは事故死とされている自殺が相次いでいるんです」

そう、ミサキは語りだした。

生徒たちの間では、度重《たびかさ》なる事故死は魔女の仕業だという噂が流れていた。

くりかえされる事故死――言い換えれば自殺――の始まりは、魔女を自称する少女、マコミ＝ヤマサキの死から始まった。自分は魔女であり、不思議な力を持つと自称していたマコミには不思議なカリスマがあった。だが、多数のアンチもついていた。彼らとの摩擦《まさつ》が危惧《きぐ》されるほど高まっていた最中《さなか》、マコミは事故にあったのだ。職員駐車場の片隅――崩落が起きて空いた穴に、彼女は滑り落ち、突きだしていた瓦礫《がれき》で首を切断、死亡した。

その後、彼女のアンチであった生徒たちが次々『事故死』を遂《と》げた。

彼らの死にざまは、マコミがよく口にしていた童謡をなぞっていた。

故《ゆえ》に、一部の生徒の間では、死んだマコミが本物の魔女となって学園に巣くっているとの話になったのだ。彼女は魔女として、敵対していた少年少女を道連れにしているのだと。

理事長は【超探偵】の手で、学内に流れる不穏な噂を消してもらうことを望んでいる。


状況を聞き、ヴィヴィアはかすかに目を細めた。

「……陰惨《いんさん》な事件だね。はじまりは偶然だったとしても、展開のすべてが」

「私も、そう思います。これはひどい事件です」

彼の言葉に、ミサキは声をあげた。改めて、自分はなんと歪な場所にいるのかと思う。

眼鏡の奥で目をうるませて、ミサキはつぶやいた。

「本当は、最初の件を除いて、『事故』なんて括りで表してはいけない話なのです」

「それに、【世界探偵機構】に依頼した理事長の望んでいることは……事件の解決……自殺を止めることではなく、噂の払拭《ふっしょく》、なのか」

「そうです。でも、事件は生徒たちの間に深く根を張りつつありますから、解決をしない限りは噂は晴れないでしょう……ただ」

「もう、手遅れかもしれないのですが」

「ただ？」

「……石は転がる。順当に、その先の者たちを巻きこみながら」

「ええっと、わかっているのかそうでないのかがよくわからないのですが、どっちでもいいです……到着しました」

そこで、ミサキは足を止めた。

二人は学園の寮の中にいる。目の前には、チョコレート色の扉が佇《たたず》んでいた。

「こちら、マコミさんの親友だった、理事長の孫のタクミさんのお部屋です。タクミさんはみんなから敬われる生徒会長であり、学業やプログラミングなどで優秀な成績を数多く残している、学内の有名人でもあるんですよ。どうぞ話を聞いてあげてください」

学園内の——怖くなるほどに——白い廊下の端に設けられた部屋は、一見して寮の他の部屋と変わりはなかった。扉は飾り気がなく、簡素だ。だが、上部には銅のプレートではなく、金のプレートがかけられている。

そこには名前が刻まれていた。

タクミ＝ユズリハ。

「よろしいですか？　タクミさん？」

「……ああ、どうぞ」

返事を待って、ミサキは扉を開いた。

室内が露《あら》わにされる。そこはモノトーンでまとめられていた。内装はシンプルかつシックだ。病室めいた無地の白いカーテンの前で、細身の少年が振り向く。彼が纏《まと》った制服は、ミサキの着ているものを男性用にしたデザインだった。だが、重い黒色はミサキよりも、彼——タクミ——にこそよく似合っていた。

長めの黒髪を揺らして、タクミは疲れた顔でほほ笑む。その痩《や》せた頬《ほお》には、心労の色が濃くでていた。謡《うた》うような声で、彼はささやく。

「ミサキさんと、【超探偵】さん、だね？」

「そうです。あの、マコミさんについて話を……」

「わかったよ。マコミの親友として、学内生徒の代表として、協力するようにおじいさまにも言われている……でも、あまり語れることは多くはないよ？」

「……それでもいいので」

「……そうか」

こくりと、タクミは弱々しくうなずいた。すうっと、彼は息を吸いこむ。そして、深く吐きだした。一転して、タクミは言葉を溢《あふ》れさせる。

「マコミが事故死した日、僕は学園にはいなかったんだ」

口を開くと、彼は怒濤《どとう》の勢いで語りだした。深い後悔をふくんだ声が、懺悔《ざんげ》のごとく流れだす。その静かながらも鬼気迫る様子に、ミサキは息を呑んだ。

もしや、彼はずっと誰かに語りたかったのだろうか。

目の前の客人すらも視界に入っていないような様子で、タクミは一心不乱に続ける。

「僕は子供の頃から体が弱くて……その数日間は風邪で体を壊して、自宅療養をしていたんだ。普通、この学園から家に帰れることはないから、特例だね。その期間中に、マコミは事故にあった……だから、今の状況は、全部僕が悪いんだ」

「タクミさん」

「マコミの死は、僕のせいなんだよ」

「……そんなことは」

「……あるところに鴉がいた」

「へっ？」

「えっ？」

不意に、ヴィヴィアが気《け》だるげに語りだした。何事かと、ミサキとタクミは彼に視線を向ける。ヴィヴィアは死んだ目をしたままだ。だが、幻想的な物語を紡《つむ》ぎはじめた。

「鴉はどんぐりを埋めた。冬の食糧にするために。健気《けなげ》な話だね……」

「いや、なんの話ですか」

「だが、彼はそれをすっかり忘れてしまった。所詮は動物だからね。彼の忘れたどんぐりは芽吹き、蝶たちの好んでいた花畑に根を張った。そこには、青々と茂った木と、茶色く枯れた花が残された。鴉はただ、生きるための行動をしただけだ。だが、それは蝶たちの生命の維持できる余地を狭めてしまった……これは罪だと思うかい？」

ヴィヴィアは物語を紡ぎ終える。ミサキはただ困惑した。いったい、なにがはじめられたのか。だが、タクミは己の胸に掌を押し当てた。涙声で、彼はささやく。

「……慰《なぐさ》めてくれるのかな？」

「えっ、嘘《うそ》、慰めになるんですか、これ？」

「慰めだと捉《とら》えたのならば……それが君の答えみたいだね」

ヴィヴィアはそう話を締めくくる。

釈然としない思いで、ミサキは腕を組んだ。

意味がわからない。そもそも、結論が聞き手に委ねられすぎてはいないか。だが、タクミは涙をぬぐった。黒髪を揺らしながら、彼は首を横に振って話を続けた。

「鴉に罪はありません。けれども、僕には罪がある……」

「なるほど……君は、そう思っているんだね」

「マコミは、以前に高熱を経験した際に見た幻覚をきっかけとして、自分自身を魔女だと思いこんでしまっただけの、優しい少女だった。けれども今はきっと、学園を恐ろしくも絶対的な【魔女】として呪っている」

「理事長の孫なのに……君も、呪いのせいだと思うのかい？」

「そうじゃなければ、説明がつかないことだらけなので……マコミは怒っているんだ。凄く、皆を憎んでいるんです」


魔女はいます。


「僕が彼女について語れるのはそれだけだよ」

そう、タクミは紡ぎ終えた。顔を伏せ、彼は目を閉じる。

もう、新たな言葉を語る気はまったくないらしい。戸惑いながらも、ミサキはしばらく待った。だが、タクミは動かない。しかたなく、ミサキは部屋から歩きだした。ヴィヴィアも後をついてくる。ドアノブに手をかけながら、ミサキは挨拶をした。

「じゃ、じゃあ……お邪魔しました」

「……………」

タクミは無言のままだ。人形のように、彼は立ち続ける。

扉を閉める際、タクミをじっと見つめてミサキは思った。

黒く艶《つや》やかなタクミは、まるで鴉のようだと。

＊＊＊

ぱたり、扉は閉じられた。

残念だと、ミサキは暗い声をだす。

「……結局、噂の線を強固にするだけで、他にはなにも得るものはありませんでしたね」

「……そうでもないよ。こういう情報収集は後から役立つものだから」

「おっ、探偵らしい！」

「……君の探偵らしさの定義が、私にはよくわからないかな。まあ、どうでもいいことだけれどもね。はあ……いつか死にたい」

ヴィヴィアはため息を吐く。ミサキは首をかしげた。彼の言葉は不思議なひびきをもっている。思わず、彼女は問いかけた。

「いつかって、いつですか？」

「……永遠の命を手に入れたら、君はなにがやってみたいかな？」

「あー、いいです。話をはじめたら、ヴィヴィアさん、長くなりそうなんで」

「………そう」

やる気なく、ヴィヴィアは歩きだす。

その後に、ミサキも——スリッパをわずかに引きずりながら——続いた。四角い窓から光の射しこむ、白く眩《まぶ》しい廊下を進む。だが、不意に、ミサキはカッカッと走る音を耳にした。なにやら不吉なものを覚え、彼女はバッと振り向く。

カサカサと、黒色が動く。

視界から、影が遠ざかるところだった。

なんだろうと、ミサキは目を細める。その時、ヴィヴィアがたずねた。

「……マコミ君の口ずさんでいた童謡は？　……どんな内容だったんだい」

「えっとですね……『黒い人形が五体』」


黒い人形が五体。それはみんなお姫様。

一人目はぽっきん首が折れ、
二人目はざっくん腕が切れ、
三人目はぶっすり目を貫き、
四人目はばっきん肌を裂き、

五人目は地へと堕《お》ちた。

これでおしまい。お姫様。

「実際、この歌をなぞるように、生徒たちは自殺しています。一人目と二人目の死は、ほぼ同時でした。一人目は首を吊《つ》って、骨を折りました。その直後に、二人目が洗面所で手首を切っているのが見つかりました」

「ほぼ同時？　……それは、詳しく聞いてもいいかな？」

「えっとですね。一人目は夜中のうちに図書館の梁《はり》で……そばに遺書が置いてあったので、こちらは自殺でまちがいないと思います。発見されたのは明け方。身辺も一部整理されていて、携帯端末やノートなどが処分されていました。ノートの燃えカスが、焼却炉から発見されています……で、その子と親友の少女が夜に出歩いているのを目撃したという人がいたため、後ほど確認に向かったら、自室で死んでいたんです……そちらも遺書はあったんですが……なんでなのか、紙面は丸めたのを広げたみたいに、ぐちゃぐちゃにされていましたね」

「……なるほど」

「それから期間を空けて、三人目は目を突いて……まるで、なにかに取り憑《と》かれ《つ》でもしたかのようです。そうじゃなければ、ここまで、死が歌と重なるなんて、考えられません」

「そうか……歌についてだけれども。なんというか、私が言えることじゃないし、悪い童謡でもないけれども……場合によっては疎《うと》まれることもあるのかもしれないね」

「それは本当にそう思います」

しみじみと、ミサキはうなずいた。

常に口ずさむには、あまりにも不吉すぎる歌だ。何故《なぜ》、マコミがこれを好んでいたかはわからない。彼女は『魔女』を自称していたから、暗く残虐《ざんぎゃく》な要素に惹《ひ》かれたのかもしれなかった。だが、周りの者をいらだたせるのに、謎めく歌詞はぴったりだ。故に、彼女へのアンチの反発が激化していった面もあったのだろう。

階段手前の行き止まりで、ミサキたちは足を止めた。廊下の最奥《さいおう》の窓からは、白い光が降り注いでくる。そこで、またカッカッカッと足音が聞こえた。

見れば廊下の向こうから、誰かが駆けてくる。

制服姿の少女だ。彼女は異様な速度をだしていた。また、違和感の正体に、ミサキはようやく気がついた。少女の足音は硬い。屋内なのに、彼女はスリッパではなく革靴を履いたままだった。まばたきをして、ミサキは考える。

まさか、玄関からそのまま校内へ走りこんだとでもいうのか？

まるで、なにかから逃げてきたかのように。

ミサキがそう悩む間にも、少女は迫りつつあった。えっ？　とミサキは考えた。このまだとぶつかるのではないのか。だが、少女は止まらない。ミサキが硬直したときだった。

「……ごめん。痛いかもしれない」

「えっ？」

ドンッとミサキはヴィヴィアに押された。あっけなく、彼女は廊下に倒れこむ。文句を言いかけて、ミサキは息を呑んだ。数秒前まで、彼女がいた場所を少女が駆け抜けたのだ。

もしかしてと、ミサキは思った。

その場にいたら、自分は窓に叩きつけられていたのではないか。

続けて、ヴィヴィアは少女を止めようと試みた。腕を伸ばし、その腰を抱き留めようとする。だが、少女はヴィヴィアを躱《かわ》した。獣じみた速度で、彼女は一心不乱に動く。

「────ッ！」

「………………あっ」

床を蹴り、少女は上方へと跳んだ。黒い体が、高跳びをするように優雅な曲線を描く。その耳から、躍るようになにかが外れた。イヤホンだ。そのまま、彼女は窓ガラスに頭からぶつかった。ガシアアンッと高い音が鳴る。ガラスの破片が辺りに散り、キラキラと輝いた。その中を、少女の体は外へ落ちていく。

まるで、悪夢のように美しい光景だった。

少女の足の先が、視界からすっと消える。

やがて、どさりと音がした。混乱しながら、ミサキはつぶやく。

「えっ？　へっ？」

「この手は届きはしなかった……すまない。『四人目はばっきん肌を裂き』……か……」

割れたガラスから外を見下ろして、ヴィヴィアはつぶやいた。

ふらりと、ミサキは彼の隣に並んだ。その言葉の通りだった。

地面には、歪に捻《ね》じ曲《ま》がった少女の体が落ちている。その全身は割れたガラスによって無惨《むざん》に裂かれていた。ゆっくりと、紅《あか》い血の染みが広がっていく。体に刻まれた傷は、まるで鮮やかな落書きのようだ。現実味がまるでない。こんな光景があってたまるかと、ミサキは思った。本当にくりひろげられているものだとは考えられないし、考えたくもない。

目を見開いたままの少女の顔へと、ミサキは視線を向けた。

新たな【犠牲】の少女は、やはり、マコミのアンチの一人だった。その紅い唇からは、ドロドロと黒ずんだ血が溢れている。折れた歯が、彼女の落ちかたの激しさを告げていた。

どう見ても、少女は絶命している。

低く、ヴィヴィアはささやいた。

「見ないほうがいいと思うよ……もう遅いだろうけれども……こういうのは目に映しただけ、網膜に焼きついて残りかねないから……」

それが、ようやくの引き金となった。

よろめいて、ミサキは悲鳴をあげた。

＊＊＊

少女の死体は、学園附属の病院へと搬送された。

警察は呼ばないという。

その理由について——理事長の孫であり生徒会長であることから、携帯端末は持っているだろうと問われ——教師への通報に協力したタクミは説明した。

「この学園では元々『事故死』や『自殺未遂』が日常的に発生しているんだ。それらは闇に葬《ほうむ》られる……学園は全寮制で、外部との連絡も禁止されているのさ」

そこで、タクミは言葉をきった。彼の言葉に、ミサキもうなずいた。一部の生徒には、委員会や部活の関係から、タクミのように携帯端末を与えられている者もいる。だが、それらは教師や生徒会長を除いて、特定の相手にしか繋《つな》がらないように設定がなされていた。

タクミの後を継いで、ミサキは陰惨な事実を語る。

「元々、ここは何らかの理由で、資産家の親から存在を疎まれた子供たちが、多額の金と引き替えに押しこめられている牢獄《ろうごく》めいた場所なんです」

「……牢獄、ね」

「最高の教育と環境は保証されています。ですが、自身が見捨てられた存在だというストレスを過剰に感じている子供も多くて……思春期の子供たちが外出を禁じられ、閉じこめられていることと相まって、学内では常に問題が絶えません」

「…………そうだろうね。予想されることだよ」

「しかし、それらは入学当時の保護者との契約条項でも、学園は責任を負わないことが決まっていて、問題はすべて内部で処理されるんです。【統一政府】にも学園はかなりの支援をしているらしく、半ば公認とも聞いています」

語りながら、ミサキは苦いものを呑みこんだ。

彼女もまた、船舶業を営む父に疎まれ、ここにいるのだ。

自分に向けられる、無関心と少しの嫌悪《けんお》が浮いた目を思い出し、ミサキは体を震わせた。

このことを問われればどうすればいいのだろうと思う。まともに答える自信はない。

だが、ヴィヴィアは彼女のじくじくと痛む傷に触れはしなかった。

緩やかに首をかしげて、彼はたずねる。

「けれども、今回に限って、理事長は依頼をした……それは何故だい？」

「学内に魔女に対する信仰が広がりつつあるからです……これについては、実際に見てもらったほうが早いですね……あっ、タクミさんはありがとうございました」

そう、ミサキは礼をした。

うなずいて、タクミは自室へ戻った。黒い姿はゆっくりと遠ざかっていく。鴉を思わせる背中を、ヴィヴィアはじっと見つめた。彼に、ミサキは声をかける。

「行きますよ、ヴィヴィアさん。ついてきてくださいまし」

「…………歩くのか。面倒だな」

「歩かないと、移動もできないじゃないですか」

「いっそ、息もしたくないよ」

「それは死ぬのでは」

「……面倒すぎて、食べるのを忘れることはよくあるかな」

「やっぱり死ぬのでは？」

ヴィヴィアを連れて、ミサキは進む。眩《まばゆ》い校舎から外に出ると、裏門へと回った。

そこからは、橙《だいだい》と白で彩られた。煉瓦道《れんがみち》が延びている。だが、途中には立ち入り禁止のロープが張られていた。それをよいしょっと乗り越えて、ミサキは歩いた。中には職員用の駐車場が広がっている。その一角が異常だった。崩落し、大きな穴が空いている。工事で塞《ふさ》ごうとしたようだが――事故のせいか――それは手つかずのまま放置されていた。

その前だけが、
まるで、墓のようだ。

「ここが、マコミさんの落下地点です……この惨状を見てください」

「人が墓に花を捧げるとき、そこにあるのは悲しみの表明だけではない。人は死者に願いを託す。あるいは呪いすらも」

「今度はちゃんと、意味がわかります。まさにそのとおりなので」

そこには、多数の花が供えられていた。

百合《ゆり》に、薔薇《ばら》に、スイートピー。全てが真新しい。恐らく、教師が捨てるたびに増えるのだろう。加えて、置かれた手紙は――筆跡がわからないよう――新聞紙のツギハギや、定規で書かれた異様なものばかりだった。そこには怨《うら》みを持つ相手の名前と、魔女の力で呪い殺して欲しいという旨《むね》の訴えが――一つの例外もなく――情熱的に記されている。そこからは、どろどろとした願いと怨念が伝わってきた。

マコミ様、マコミ様。

どうか、どうか。

そう、憎悪《ぞうお》の訴えが並んでいる。

「どこから流れはじめたのか、魔女を信じなければ呪われ、願えば望みが叶うという伝説が生徒たちの間で完成しつつあるんです」

「つまり、教師や友人も心の底から信頼できず、親にも縋《すが》れない歪な状況の中、生徒たちは心の拠《よ》りどころとして、急速にマコミ君を神格化させているのか……ありえる話だね」

ヴィヴィアの言葉に、ミサキはうなずいた。その通りだ。だからこそ、彼女はなんとかしてくれる人を案内してくれと、担任教師から泣きつかれたのである。

「生徒たちの間に、学園の秩序と反する絶対的存在が出ては、規律が乱れる。だから、マコミさんに批判的だった子供たちが全員死に、マコミさんは魔女であるという信仰が確立してしまう前に、それを食い止め、単なる噂で終わらせて欲しい……そう、学園は依頼をしたんです……でも、探偵を入れることを渋って、そのタイミングは相当遅れました。また、先ほど一人の生徒が新たに自殺してしまいました」

「……つまり、君の話に繋がるわけだ」

「はい、もう手遅れかもしれません」

ヴィヴィアの問いかけに、ミサキはうなずいた。彼の推測の通りである。最早、絶望的な状況だ。舞台は終わりつつある。だが、嘆《なげ》いても悲しんでもしかたがない。

だから、ミサキは謡うようにその事実を告げた。

「マコミさんに批判的だった生徒は、既に後一人しか残っていないんです」

＊＊＊

「うううううううううっ、うううううううううっ」

「あのー、もしもーし」

「うううううううううっ、うううううううううっ」

「……駄目ですね。通じません」

寮のとある一室の中には、獣のものに似た唸りがひびき続けている。毛布を被った生徒――アンチのグループに所属していた、五番目の【犠牲】にされる可能性がある少年――は悲痛な声をあげていた。周囲の人間が、彼にはまるで目に入っていないようだ。迫る死に怯《おび》えてか、少年は震え続けている。その様子を見て、ヴィヴィアはささやいた。

「まるで春の雷のようだ……遠い夜空が……青白く輝いて見える」

「唸り声では?」

「もうすぐ……嵐になるかもしれないな……病院には搬送しないの?」

急にヴィヴィアから意味のわかる言葉がでてきたので、ミサキはまばたきをした。

確かに、どう見ても、少年の体調はよくない。学園から離したほうが安全でもあるだろう。ヴィヴィアの指摘はもっともなものといえた。だが、ミサキは首を横に振った。

「先ほども少しだけ語りましたが……以前、別の子……三番目の犠牲者が搬送されまして……途中で、持っていたペンで『ぶっすり目を貫いて』死亡したんです。以来、学園の外に出すのも危険だと言われています。いったい、何故、あんな恐ろしい……」

「……見たくないものがあったんだろうね」

「はい?」

「陽《ひ》の光は残酷だ。暗闇の中にしか真の安寧《あんねい》はない……そう思った経験は?」

「ないですね」

「……ごめんね」

第三章　禁じられた童謡

「なんか、憐《あわ》れまれた気がします」

「人を憐れむことができるほど、私は傲慢《ごうまん》ではないよ……よいしょっと」

くるりと振り向き、ヴィヴィアは机の下に潜った。そこで、のそっと横になる。

ミサキはぎょっとした。まさか、この状況でまたどこかに詰まるとは思わない。慌てて、ミサキはヴィヴィアに駆け寄った。べったりとうつぶせになった彼に、声をかける。

「ちょっとヴィヴィアさん、私と一緒に彼の護衛をしてもらわないと困ります！」

「……私は暗くて静かなところが好きなんだ」

「だからって！」

両手を握って、ミサキは訴える。

ソレに対して、ヴィヴィアは首を横に振った。彼は穏やかに応える。

「それに、これは必要なことでもある……私なり、にね」

「……どういう意味ですか？」

「大丈夫。部屋は同じだ。心配はいらないよ……」

そこで、声は途絶えた。ヴィヴィアの体は完全に弛緩している。まるで糸の切れた操り人形だ。どうやら、本当に眠ってしまったらしい。

やれやれと、ミサキは首を横に振った。ヴィヴィアは寝息すら立てていない。揺り起こそうとしても無駄だろう。一人、彼女は唸り続ける少年を見る。

意味のなかった単音の連なりは、今では形をもつものに変わっていた。

「うううううっ、俺が、俺たちが悪かった……ごめん……ごめんなさい……マコミ、魔女様、どうか助けて……うううううううううううっ」

彼はまた唸り続ける状態にもどった。

少年は深い苦しみの中にある。だが、と、ミサキは首を横にひねった。彼とその所属するグループは、マコミに対して確かに批判的だった。だからと言って、殺されるのは理不尽だろう。そのはずが、少年は縋るように謝り続けていた。

単に、恐怖に駆られているからだろうか。

あるいは、別の理由があるのか。

少年に聞いたところで、答えは返らないだろう。部屋には、獣の声に似た音がただひびき続ける。いやと、ミサキは首を横に振った。これは、そうではない。

高くて低い、この声は、まるで。

春の雷だ。

＊＊＊

そのまま、夜になった。

ミサキは予備の毛布を見つけるとヴィヴィアにかけてやった。ふわさっと、その全身を覆う。自分はなしで我慢した。代わりに、彼が起きたら交代で眠らせてもらおうと心に決める。そのまま、ミサキは勉強机の前に座った。

今は、部屋の主《あるじ》の少年も浅い眠りの中にある。

時計の音だけがひびいた。なにも起こらない時間が続く。

思わず、ミサキは目を閉じた。


静かな夜だ。


窓ガラスを見れば、雫がついている。

外には、無音の雨が降り続いていた。


だが、異変は突然生じた。

「うううううっ、うあああああああああああああああああああああああああっ！」

ある瞬間から、少年は声をあげはじめたのだ。唸りは、すぐに悲鳴へと変わった。

なにかが震える。見れば、枕元に置かれた携帯端末だ。

ミサキは事前に聞いていた――何名も殺害された――マコミのアンチの一派は、元々同じ委員会に属しており、全員携帯端末は持っていたらしい。

少年は跳ね起きた。マットレスの上に、彼は電撃を通されたかのように立ち上がる。かと思えば、勢いよく転がり落ちた。そのまま床を這《は》って移動し、少年は窓辺へと向かう。尋常な様子ではなかった。誰かになにかを命じられたかのように、彼は窓枠へ手をかける。だが、そこで一時動きを止めた。迷っているかのように、少年は立ちすくむ。

不意打ちの恐慌《きょうこう》に、ミサキは呆気《あっけ》にとられた。だが、ハッと気がつく。昼間の死体が、目の前にフラッシュバックした。このままだと、少年は飛び降りてしまうのではないか。

「駄目、です！　やめてくださいまし！」

「うっ……ううううっ！」

ミサキは少年に駆け寄った。その体を抱き締める。だが、目を見開き、少年は腕を振り回した。獰猛《どうもう》な獣のように暴れて、暴れて、彼は叫んだ。

「離してくれよおおおおっ、離せえええええええっ！」

「離せません！」

「このままだと終わりだ！　全部終わりだからあああっ！」

「だからって、なんで自分から死のうとするんですか？」

わけがわからないと、ミサキは訴える。それに答えはなかった。少年はミサキの説得を聞きはしない。足も乱暴に動かして、彼はミサキを振り払った。勢いに負けて、ミサキは床に倒れる。衝撃に唇を噛《か》みながら、彼女は思った。


このままでは少年は行ってしまう。

また、なす術《すべ》もなく、人が死ぬ。


そんなことはごめんだった。


「待ってくださいまし！」

もう一度、ミサキは痛む体で抱き着こうとした。だが、それより先に、彼女のものよりもたくましい腕が少年のことを押さえた。緑色の髪を揺らして、彼は気だるげにつぶやく。

「……すごい騒ぎだね……本当はただ、闇の中で静かに寝ていたいんだけど」

「ヴィヴィアさん、起きたんですか⁉」

「代わるよ」

「ありがとうございます！　ちゃんと見ていてくれたんですね！　……あれ？」

ミサキの声に、ヴィヴィアは応えなかった。うん？　とミサキは首を横にひねった。なんだろうか。ヴィヴィアの表情や雰囲気が多少変わっている。なにか、嫌な……それとも気分を変えるような夢でも見たのだろうか？　そんな感じだった。

疑問を覚えるミサキの前で、ヴィヴィアは口を開いた。

「……携帯端末、ね」

「はい」

「ナニカが表示されるかな？」

「えっ……って、はいい？」

瞬間、携帯端末の画面が勝手に明るくなった。そこに、画像が表示される。それを見て、ミサキは大きく目を開いた。画質は悪いが、暗い穴が映されている。その中央に、倒れている者がいた。マコミだ。白い首筋は、彩度の低い絵の中でも冴《さ》え冴《ざ》えと輝いて見える。

定期的に、画像は左右にぶれた。そして、ブツッと消えた。ミサキはあっけにとられた。

これはいったいなんだ。

まるで心霊写真だった。

今、学園では魔女の呪いの噂がはびこっている。

まさか、マコミの幽霊のせいかと、ミサキは言葉を失った。それはあってはならないことだ。だが、すべてが幽霊のせいだというのならば、怪異事件の数々にも説明がつく。

それに対し、ヴィヴィアはなにも口にしないままただ首を横に振った。画像の表示を受けて、少年は顔を更に青褪《あおざ》めさせた。彼の恐慌は激しさを増す。だが、ヴィヴィアは頑《かたく》なに、少年が『窓から飛び降りよう』とするのを阻止した。何度も何度も、彼は邪魔をくりかえす。攻防の末にこれでは埒《らち》が明かないと、少年は考えたらしい。

思いきったように、少年は玄関側へとベッドを乗り越えた。ごとんっと、鈍い音が鳴る。飛びこみをするかのごとく、彼は勢いよく床へと落ちた。

「っあ、……うううっ」

体が痛むのか、少年は声をあげる。それでも立ち上がると、彼はそのまま走ってどこかへ行こうとした。ミサキは止めようとする。だが、そのときだ。

携帯端末の震えが変わった。ミサキは目を見開く。非通知の着信がきている。ヴィヴィアは手を伸ばし、スピーカー設定にして着信をとった。

途端、暗い声がひびいた。

『――――許す』

ブツッと、通話は切れた。あとには沈黙が広がる。瞬間、少年はその場に崩れ落ちた。

ミサキは慌てて駆け寄る。彼女は少年のことを抱き寄せた。パジャマに包まれた体は冷えきっている。だが、息はあった。鼓動も安定している。虚《うつ》ろな目をして、彼はつぶやいた。

「よかった……よかった……許してもらえた……俺はやらなくていいんだ」

ミサキはほっとした。なにがなんだかわからないが、彼は助かったらしい。ミサキはヴィヴィアを振り向く。そして思わず、まぬけな声をあげた。

「…………えっ？」

言葉にはしがたい眼差しで、彼は虚空《こくう》を眺めていた。

その瞳《ひとみ》に疑問を覚え、ミサキは何故と首をかしげた。

彼がなにを見ているのか。

ミサキにはわからない。

確かなことはただ一つ。

夜は明けようとしていた。

少年は、生き残ったのだ。

＊＊＊

夜のうちに、ミサキは携帯端末を確認した。

だが、あの時表示された画像はどこにもなく、非通知の先を確かめる術もなかった。少年に心当たりがないかをたずねたが、『すべては魔女様の意思だろう』としか語らなかった。やはり昨日の夜の一連の狂騒は心霊現象だったとでも言うのか。狐につままれたような気分のまま、ミサキはヴィヴィアを見た。ヴィヴィアは退屈そうに言う。

「胎児のように、深く意識を切り離す必要があると思う」

「休まないかという提案だと受け止めました」

「まちがってはいないよ」

諦めて、二人は少年の部屋で眠った。

ヴィヴィアは机の下で、ミサキは椅子で休んだ。眠りは浅く、ともすれば悪夢に堕《お》ちそうだった。だが、最後に一人を助けられたおかげか、ミサキはうなされないで済んだ。ヴィヴィアも眠れたらしい。二人は目を擦《こす》りながらも、しっかりと起きた。そうして、ミサキたちは少年と別れた。

その後、意外な事実が判明した。

「やられました……犠牲者を救えても、噂は解けません」

「永年の氷は解けない……春の雨に打たれても――」

「最後まで聞きませんが、こうした手紙があったんです」

「はぁ……話の途中を省いたら、なにも伝わらないよ……小説の最初と最後のページだけでは、物語が成立しないのと同じく……ね。うん？」

ヴィヴィアの顔の間近に、ミサキは手にした紙を突きつけた。ほとんど、彼の顔を覆うようにする。それを見て、ヴィヴィアは目を細めた。納得したかのように、彼はうなずく。

「なるほどね……この物語を紡ぐ作者が、新しくページを刻んだわけか」

「これと同じものが、職員駐車場のお供えの中に何枚も置いてありました」

ミサキは語る。彼女の手にした紙には、ある文章が油性ペンで記されていた。

『魔女様、五番目の子を許してあげてください。彼はグループの下っ端で、あなたへの批判にはほとんど関係していません』

「それに、五番目の子が、『俺は許された』って語り歩いてしまっているんです。そのせいで、魔女への生徒たちの信仰心はますます深くなっています……噂は晴れません。それに、ですよ、ヴィヴィアさん」

「崖端で怯える子供のように心細い声だね――なにかな？」

「本当に、これで全部終わったんでしょうか？」

暗い声で、ミサキはたずねる。


四人は死に、五番目は許された。

それならばもう終わりのはずだ。


けれども、彼女には、どうしてもそうは思えなかった。

『この物語を紡ぐ作者』とヴィヴィアの語るとおりに、一連の展開は悪趣味な物語めいていた。それなのに、こんな終わりかたではあまりにも中途半端すぎる。

もしも、一連の狂騒を紡いだ作者がいるのならば、まだまだ続きを語るように思えてしかたがなかった。ヴィヴィアならば、わかってくれるだろうと、ミサキは期待をこめてたずねる。だが、意外にも、ヴィヴィアは首を横に振った。

「終わるか終わらないかじゃない……」

「えっ？」

「……もう、誰も死にはしない。そういう意味では、安心をしていいよ」

はっきりと彼は言いきる。命を落とす者はいないと保証する。重要なのはそれだけだと。

何故と、ミサキは首をかしげた。

「そう、ですか？　なんで、わかるんですか？」

「手掛かりは……いつも眼前を通り過ぎていくもの……それに気づくことができるのが……探偵なんだ」

「おーっ、探偵っぽい！　じゃなくって、探偵の台詞《せりふ》だ！」

「…………」

「なんとか言ってくださいよ！」

「…………おや」

そこで、コンコンと扉が叩かれた。

首をかしげながらも、ミサキは入り口に駆け寄る。ガチャリと、彼女は扉を開いた。

「はい、どなたですか……あれ？」

「…………どうも」

そこからは、昨夜、無事に助かった少年が現れた。赤い髪の下から、彼はミサキを見つめる。この少年は――他の生徒に魔女の赦《ゆる》しを触れ回ることで――忙しいはずでは？　そう、ミサキは首をかしげた。だが、少年は自分でも困惑した調子で手紙をさしだした。

「……これ」

「なんですか？」

「魔女様の手紙だから、渡すようにって言われて」

「えっ？」

慌てて、ミサキは受けとった。簡素な便箋《びんせん》だ。朱色《しゅいろ》の封蠟《ふうろう》がなされている。素早く、彼女はそれを剝《は》がした。開くと、中の手紙を見る。紙には美しい文字が流れるように刻まれていた。食い入るように文面を読んで、ミサキはつぶやいた。

「……タクミさん！」

『最後の歌に当てはまる【犠牲】は、助かった彼ではなく、マコミを【犠牲】にしてしまった僕だ。けれども、それによってマコミが満足するのならばかまわない。僕の死はどうか気にしないで。今までマコミのために動いてくれてありがとう』

『タクミ＝ユズリハ』

「ヴィヴィアさん、これ！」

「…………そうか。歌は紡がれていく。選択のとおりに」

手紙を掴み、彼女はヴィヴィアに訴えた。だが、彼は目を細めるばかりで何故か動こうとはしない。昨日の夜とは大違いだ。彼の心境が、ミサキには全くわからなかった。

「ええい、もう、動いてくださいまし！」

このままでは埒が明かないと、ミサキはその手を掴んだ。もう、引きずるのも慣れたものだ。勢いよく、彼を連れて、彼女は走りだす。白い校舎を、二人は巡った。

だが、寮の部屋にも更に上の階にも、タクミはいない。

ミサキが困っていると、ヴィヴィアはつぶやいた。

「『五人目は地へと堕ちた』」

あっと、ミサキは思う。

地へと堕ちるにふさわしい場所。

マコミが、堕ちた場所。それは。

職員駐車場だ。

＊＊＊

長い階段を、ミサキと――彼女に引きずられながら――ヴィヴィアは駆け降りた。そして、外への扉を開く。ギィッという音と共に、眩しい光が溢れだした。

雨はあがり、空は晴れ渡っていた。白い輝きが、網膜《もうまく》を刺す。

明るい青色が、頭上に広がった。

その下をしばらく走り、ミサキは驚くべき光景を目にした。


駐車場の一角に、タクミが立っている。


黒色の長めの髪を流し、彼は歪に笑っていた。その手には、鋭いナイフが握られている。

それを前にして、ミサキは思わず声をあげた。

「タクミさん、なにを？」

「……昨日、マコミが夢にでた。彼女はまだ怒っている。このままだと、最後の【犠牲】が新しく選びだされるだろう。それが嫌ならば、僕が死ぬ他にないんだ！　本当は、もっとずっと早くに、こうするべきだったんだよ」

そこに、タクミのささやきがひびいた。彼はなにかに取り憑かれた目をしている。マコミの幽霊は本当にいるのかもしれない。そう、ミサキは思わず考えた。魔女の意思のもとに、すべては進行しているのだ。職員駐車場の端で、タクミは強くナイフを握った。懺悔をするように、彼は頭を下げる。黒い髪が、さらりと揺れた。

そして、彼はそっと目を閉じた。

まるで、処刑を待つかのように。

数名の生徒が、騒ぎを聞きつけたのか現れた。それを契機として、タクミは腕を動かした。自分の喉を、掻《か》き切《き》ろうとする。勢いよく、銀色がひらめいた。だが、それがタクミの喉を裂くことはなかった。

ありえない軌道を描き、ナイフは宙に飛んでいった。

まるで、見えない誰かの手で操られたかのごとく。

「――――魔女様」

「――――マコミ」

誰かとタクミの声が重なった。彼は死なない。だが、そこでタクミはバランスを崩した。

そのまま、穴の縁《ふち》から落下する。

ふわりと、空を飛ぶかのように。


かつて、堕ちた魔女のように。


光景に魅入《みい》られていたせいで、ミサキは動けなかった。痺《しび》れた頭で、彼女は考える。今から走っても、間に合いはしない。飛びこむように、タクミは堕ちていく。

今回は傷つかずに終わるだろうか。でも、マコミのように堕ち方が悪ければ。

ああ、また、人が死ぬ。

そう、彼女が諦めた瞬間だった。

危ないところで、パシッと音がひびいた。空中で、タクミの体は止まる。

彼の白い腕を掴む者があったのだ。


「ヴィヴィアさん⁉」

「…………くっ」

力をこめて、彼はタクミを引きずりあげる。

タクミは目を閉じていた。慌てて駆け寄り、ミサキはタクミさんと呼びかける。返事はない。彼は意識不明の状態になっている。ヴィヴィアはそちらには目を向けなかった。職員駐車場の一角。マコミの堕ちた場所だけを目に映し、彼はささやく。

「……約束は、守ったよ」

「ヴィヴィアさん?」

いったい、彼は誰と約束したと言うのだろう。

そこには誰もいないのに。

そう、ミサキは疑問に思った。だが、それを問いかける前に、タクミが動いた。

ゆっくりと、彼は目を開く。

「タクミさん……タクミさん……よかった」

「……ミサキ、さんか?」

ぼんやりと、タクミはたずねる。うなずきながら、ミサキは泣いた。

ヴィヴィアは——なにも言わない。

そして、

そして？

一連の出来事は、生徒たちが目撃していた。

魔女が、奇跡を見せたせいで、

学園に、魔女伝説は完成した。

＊＊＊

タクミの自殺を止めたのは魔女だ。あのナイフの動きを見たか。彼女は四人を殺し、二人を許した。そう、マコミは神格化され、魔女として更に崇《あが》められるようになった。

これから、この学園には、魔女が永遠に棲《す》むことになるだろう。

それは生徒たちの呪いや願いを引き受ける。

マコミは『そういうもの』に、なったのだ。

めでたし、めでたし。

一方、職員駐車場にて。

今、そこにはうずたかく魔女への貢物《くもつ》が積まれていた。これでもかと重ねられた美しい品々は、いっそグロテスクにすら見える。まるで乱雑に積み重ねられた、内臓のようだ。

花や菓子の甘い匂いの中、ミサキは低くつぶやいた。

「結局……すべては、魔女の仕業だったんでしょうか？　いいえ……そんな馬鹿な。私は、認めません。そんな真実、認められません」

「……真実なんて、どうでもいい」

「ヴィヴィアさん？」

確かに、真実は暴けなかった。だが、その言葉はあまりにも探偵として投げやりではないか。そうした気持ちをこめて、ミサキはたずねた。だが、返事はない。

ヴィヴィアは首を横に振った。なにかに爪を立てるかのごとく、彼は悲痛な声で続ける。

「真実とは……鏡に入ったひび割れ……それは……目を凝らさなければわからないほどの小さなひび割れ……多くの人々は……そのひび割れに気づきもせず、鏡に映った世界こそが現実だと思いこんでいる………」

「どうしたんですか？」

「もし、君がそのひび割れに気づいたとして……鏡を割ってでも人々に本当の世界を見せるの？　鏡を割った瞬間に……それまで見えていた世界が一変してしまうとしても？」

ミサキは気がつく。彼は誰かにたずねているのだ。

だが、いったい誰に。

目を閉じ、ヴィヴィアはなにかを聞く。そして、彼は目を開いた。その瞳の中には、悲しい──だが、恐らく、ヴィヴィア自身は悲しいとすら気づかない──重い決意が浮かんでいた。一つうなずいて、ヴィヴィアは続ける。

「わかったよ……このまま終焉《しゆうえん》を迎えるのはあまりにもかわいそうだ。教えに行こう」

ふらりと、彼は歩きだした。まるで熱に浮かされているかのように。あるいは、罪を負って、贖罪《しよくざい》の丘へ登るように、ヴィヴィアという探偵は進む。

「それが、私という探偵の終わらせかただ」

なにかを終わらせるために。

自分はこの先に必要とされていない。そう知りながら、ミサキはこっそりと後に続いた。

やがて、屋上に着いた。

青空を背景に、誰かが立っている。ちょうど、職員駐車場の工事の穴を見下ろせる位置だ。他の生徒に紛れることをよしとしなかったのだろう。手向《たむ》けのように、その人はそこから一人、真っ白な百合を投げていた。

彼に向けて、ヴィヴィアはたずねる。

「…………満足かな？」

答えはない。

ただ、彼は笑うばかりだ。

焦りも、怒りもせず、ヴィヴィアは問いを重ねる。

「……君の望みは全部叶ったよ？　今はどんな気持ちなのかな？　私にはわからないから聞かせてくれないかな」

彼は一瞬迷ったようだ。だが、首を横に振り、ためらいを払う。

そして、ヴィヴィアはその言葉を口にした。


「学園の魔女様」

ミサキは言葉を失う。突きつけられた真実に、彼女は心臓を射貫《いぬ》かれるのを覚えた。

黒い生徒が――タクミが振り向く。
彼は艶やかな笑みを浮かべていた。

＊＊＊

「……君は知らないだろうけれどもね、幽霊はものが持てないんだよ。だから、携帯端末を使用して、画像を送るなんてできるわけがない。あの夜に起きた一連のできごとは、すべて人為的なものにすぎなかったんだ……先に自作のアプリをしこんでおいて、画像を表示させ、自動削除をさせればいい。通話も、単に君が電話をかけただけだ。生徒たちの携帯端末は校外には繋がらないが、一部の生徒間では通話が可能。このことからも、犯人は学内の者に絞られた……そして、全生徒と繋がれるのは、生徒会長である君だけのはずだ……言い訳はしないほうがいい。警察に解析にだせば、簡単にわかることだよ」

その言葉を聞いて、ミサキはハッと思いだした。タクミは、プログラミングに長《た》けている。また、あの夜は雰囲気に飲まれてしまったが、『すべては魔女の仕業』などと考えるよりも、合理的な解は当然のごとく存在したのだ。少年の恐慌の背景には――タクミが――人がいたのだ。そう考えると、少年のどこかおかしな言動にも説明がつく。

何故、彼は――マコミの呪いに理不尽に悩まされる立場でありながら――許して欲しいと懇願していたのか。

何故、彼は『このままだと終わりなんだ』と言い、死のうとしたのか。

何故、『許す』との言葉を最後に、死のうとするのを止《や》めたのか。

その背後には、もしや――送りつけられた、マコミの画像に関係する――脅迫と、犠牲者たちのなんらかの罪の事実があるのではないか？　そう、ミサキは思いを馳《は》せる。

答えを告げるように、ヴィヴィアが続けた。

「あの夜に送られてきたマコミ君の事故直後の画像――あれは、定期的に左右にブレた。つまり、静止画ではなく、動画だったんだ。だが、動画が存在すること自体がおかしい。マコミ君が死んだのは事故のはずだからね。ならば、見つけた人間はすぐに助けを呼びに行ったはずだ……動画が保存されていること自体が大きな矛盾を示しているんだ」

「…………」

「また、動画の中で、マコミ君の首筋は『白かった』。これもまたおかしいね？　彼女は転落したときに、首を瓦礫で切って死亡したはずだ。つまり、あの動画に映された彼女は、死ぬ前だったことになる……途中で、動画は表示されなくなった。だが、あれは本来『もっと致命的な光景までをも映していた可能性が高い』」

タクミはなにも言わない。だが、ヴィヴィアは滑《なめ》らかに語る。

首を横に振って、彼は陰惨な事実を提示した。

「つまり、アレはマコミ君が死ぬまでを撮影した、殺人動画だったんだよ」

ぐっと、ミサキは息を呑む。おそらく、魔女に批判的だった生徒たちは、タクミの欠席を契機として、マコミへのいらだちを爆発させた。そうして、彼女を――撮影をしながら――いたぶって遊んだが、歯止めが利《き》かなくなり、行為をエスカレートさせたのだろう。

結果、マコミを殺してしまったのだ。

それを補足するように、タクミが言った。

「……知っていましたか？　親に見捨てられた生徒たちが集《つど》うこの学園の中にも、唯一の例外がいるんですよ」

思わぬ言葉に、ミサキは息を詰める。

その前で、タクミは謡うように滑らかに語り紡いだ。

「それは理事長の孫。僕だけが、自宅に好きに戻れる立場であり、家族に必要とされており、一族の誇りとしてすら扱われていた」

「……そうだね」

「……つまり、僕だけが、この学園では異分子だった」

絶対の孤独をこめた声で、彼はつぶやく。

羊の群れの中に紛れた、怪物のように。

「そのため、生徒たちは僕を尊敬している振りをしながら、『敬う振りをすること』によって疎外していた。そんな僕に学内の空気を読まず、話しかけて来たのがマコミでした。自分を魔女だと思い込んでいる彼女は、僕を恐れも敬いもしなかったんだ」

遠い日を思い出すように、タクミは目を細める。本当に嬉しかったのだろう。懐かしそうに、彼は僅《わず》かに口元を緩めた。だが、首を横に振って続ける。

「でも、そんなマコミの行動が『僕に対するいらだち』までマコミに向かわせる結果となった。凄惨《せいさん》な形で、ソレは破裂した……僕には『迎えてくれる家族がいる』ことが、自宅療養で示されてしまった反発が大きかったものと考えられるんだ」

そうなのかと、ミサキは息を呑んだ。マコミへの殺害の裏には、そんな理由があったのだった。驚く彼女の前で、タクミは続けた。

「だから……彼女の死は自分のせいだと思ったという言葉に嘘偽《うそいつわ》りはないよ」

静かに、厳かに、タクミは語る。

虚ろな、それでいて激情が宿った目で、彼は告白した。

「だから、僕はせめてマコミを永遠の魔女にしたかった」

しばらく、ヴィヴィアは黙っていた。だが、確認のように、彼は真実をまとめていく。

「つまり、君は自分を魔女だと思っていたマコミ君の願いを現実にするため……復讐を行うと共に……彼女を本物の魔女にするために計画したんだ。許された一人が……後から語りはしなかったものの……指示を恐れて、自殺を選ばなくてはならないと追い詰められていたように、他の四人も、マコミ君の殺害をネタとして脅迫し、自殺させる形で殺害したんだろう。最後には……ナイフにピアノ線などをつけ、自動で巻き取られるように仕こみ……自分が助かる奇跡を演出することで、マコミ君を絶対化してみせた」

そこで、ふとミサキは考えた。タクミは、あの時、ヴィヴィアが止めに来ることも予想済みだったのか。

――――いや。

（きっと、タクミさんは、死んでもよかったんだ）

あの時地へと堕ちて。

マコミと同じように。

だが、と、ミサキは目を細める。

ここは歪な場所だ。ミサキにも想像がつく。この場所の生徒たちは、己の家や家族に絶望しながら、彼らに肯定してもらうことを渇望《かつぼう》していた。

もしも、殺人の証拠を暴露《ばくろ》されたのならば、自分だけでなく、家族も終わりになる。そう揺さぶられれば、死を選ぶ者も多くいるだろう。だが、マコミを殺した者たち——五人全員に、自害をさせることなど不可能ではないのだろうか。

その疑問に答えるように、ヴィヴィアが言った。

「君が、『自害をさせることで殺害した』のは三番目と四番目だけだ。最初の二人ならば、なんとか可能な範囲だろう……遺書を遺して死んだ最初の二人は、マコミ君を殺した罪の重さに耐えきれず、自ら死を選んだだけだったのさ。首吊りも、リストカットも、自殺の手段としてはありふれている……歌と重なったのは、単に偶然だ……二人目の遺書がぐしゃぐしゃになっていたこと。また、二人が夜にいっしょに出歩いていたという目撃証言から……当初、一番目と二番目は共に首吊り自殺をしようとしていたものと考えられる。だが、二人目は、一人目の自死後に現場を離れ、一度遺書をぐしゃぐしゃにして捨て……後から改めて自殺した……自分だけ生きていてもしかたがないとでも思ったのかな？　そして、一番目の発見は明け方だ……死亡から発見までには時間があったことだろう。ここからなにが考えられるか。一番目が処分したというノートや携帯端末は、他者が死体の周りで発見し、奪ったものだったのかもしれない。ノートは焼け残りが見つかったというのに、携帯端末のほうは完全に焼失したなんておかしな話だからね……それを盗《と》った者は、他でもない君だったんだ。一番目の携帯端末から動画を見つけたことで、歌になぞらえた君の復讐ははじまったんだろう。恐らく、彼らは携帯端末で動画を共有していた。裏切り者がでないようにね。君の凶行は、彼らが携帯端末で記録をとってしまっていたことが引き金となった」

「……続けてください」

「洗脳して人を追いつめ、殺すことは難しい。だが、ここでは条件がそろいすぎている。……三番目は、緊急搬送の最中に目を突いて死亡した。上手くしなければ致命傷になりにくい首を突かなかったことからは、自分自身に対する殺意の高さがうかがえる。『絶対に死ななければならない状況』まで追い詰められていたんだろう。また、視界を潰《つぶ》す行為からは――もしも生き残ったとしても――目が見えなくなってもかまわないとの意志が感じられる。その子は、自分たちの罪の証である動画からも逃れたかったんだ……飛び降りた四番目の子は、耳にイヤホンをしていた。走っている間中、犯人から指示を受けていたと推測ができるね……君はなんと言っていたんだい？」

「……最初は走り回らせて、思考能力を奪うことに集中しました。最後には走って、跳べば許してやると。おまえの家の事業の邪魔になることもしない。そうすれば、おまえが両親に認められる日も来るだろうと」

「邪悪だね……そして、五番目の少年は、精神的に摩耗《まもう》はしていたものの、完全に言うことを聞く状態では実はなかったものと思われる……彼は僕たちが助けなくとも、死に踏みきることができずに、生き残っただろう。これで、全部だよ」
ヴィヴィアは事件を紐解《ひもと》く。不意に、タクミは笑った。彼は表情を一変させる。
歪に唇を曲げて勝ち誇った声で、タクミは宣言した。
「でも、今更、僕に気がついてもすべてはもう遅いんだ！　この世は死に満ちている。それを乗り越えて生き続けても、結局は友人の死と皆の憎悪という、残酷な真実を突きつけられるばかりだった。だから、生きた死体たち——中身は空っぽなアイツらに、僕はマコミを刻みつけてやることにした。それが絶望か希望かは知りやしない。ただ、確かなことは一つ。根づいた伝承は二度と消えないんだ！」
楽しそうに、
愉快そうに、
タクミは謡う。

「僕を捕まえたところで、マコミは魔女として残り続ける！」

高らかに、タクミは言いきった。それに、ヴィヴィアはどんな反応をするのか。そう、彼を見て、ミサキは思わず言葉を失った。目を見開いて、彼女はソレを見る。
何故か、ヴィヴィアはほほ笑んでいた。

この世に一人ぼっちで残された、悲しい存在を見つめるかのように。

探偵としてか。

あるいは孤独な人間として。

「……私には聞いておきたいことがあるんだ。私の【探偵特殊能力】は【幽体離脱】……体から抜け出すと、この目には見えるものが増える。職員駐車場に、私は……部屋で待機していた間に【幽体離脱】をして向かい……本物のマコミ君の幽霊を見つけた」

ミサキは目を見開いた。幽霊がいるなど、そんなことはありえない。そう思える。だが、【超探偵】がその異能をもって断言する以上は本当なのだろう。

あの霧雨の夜、ヴィヴィアが机の下に詰まったのは、【幽体離脱】をして、学内を探索するためだったのか。そして、彼はマコミの幽霊を発見したのだ。心霊現象を起こしてなどいないものの、彼女の魂は学園に残っていたのである。

その事実を聞かされ、タクミは短く声をあげた。

「えっ？」

「彼女はずっと泣いていたよ。今、危ない生徒たちのことを助けて欲しいと、約束まで結ばされた……マコミ君はそれほどまでに優しい少女だったんだ。自分を殺し、そのことに

耐えきれず自殺する者たちの死に対して、たくさんの涙を流すほどにね。そして、君のことも心配していた」

ヴィヴィアは語る。その真実を。

だが、と、ミサキは思う。マコミは優しかった。その単純な事実を前にすると、簡単な疑問に行きあたる。マコミはタクミの思い通りに恐ろしい魔女になった。それは、果たして本当に、マコミの望みだったのか。

ヴィヴィアは、答えを言う。


「魔女伝説が、そんなマコミ君の『望みなわけがない』」


そうだと、ミサキは理解する。また、タクミ自身に語られた情報が、彼女の頭を回った。

マコミは自分を魔女だと心から信じていた。つまり、彼女はその心の中では本物の魔女だった。本物の魔女が『本物の魔女になりたい』と『願うわけがない』。

その必要がないのだから。


全てはマコミの望みではなく、タクミの望みにすぎなかった。

そして、タクミはタクミの望みを叶えた。

復讐と呪いを請け負う、長く学園に君臨する忌《い》むべき存在を生みだした。

マコミは、怖ろしくも残酷な、美しい魔女となってしまった。けれども。

「そうして、君の友人だった……ただの学生の、心優しいマコミ君は……一方的に殺された被害者の彼女は、今や『いったいどこにいる？』んだい？」

「あっ……あっ……」

タクミは顔を手で覆う。ようやく、彼は気がついたのだ。己の為《な》してしまったことの本当の意味を。いったい、自分がなにをしでかしてしまったのかを。

「……僕は、もしかしてっ」

マコミの名を永遠に残そうとして。

結局は、なにを。

タクミは魔女を生んだ。

マコミを、殺すことで。

タクミは『マコミという名の魔女』を生みだすことで、友人だった『マコミ』の存在を殺しきってしまったのだ。タクミは全く新しいマコミを作りだした。代わりに、本物のマコミの存在を『永遠に殺し続ける』ことに成功してしまった。

(そしてこれから後)

ミサキは思う。タクミの生みだした『マコミ』は、あらゆる生徒たちを呪い、事故に追いこみ、自殺に歩ませ、殺し続けるだろう。

絶対的な、魔女の名のもとに。

「違う……そんな、違う！　僕は、マコミを、永遠に……」

「だから、彼女は君のためにも泣いていたんだ」

「うっ……、うっ、ああああああああああっ」

ガクガクと震えながら、タクミは走りだした。ヴィヴィアとミサキの隣を、彼は通りすぎていく。二人のことが、目に入っている様子はない。その後を、ミサキは追いかけた。

泣きながら、タクミは学園の中を駆けていく。

彼とミサキが校舎の中に戻ると、生徒たちが魔女様の噂話をしていた。

マコミ様。

マコミ様。

恐ろしき、美しきマコミ様。

どうか。

マコミ様なら叶えてくれる。
マコミ様なら呪ってくれる。

マコミ様なら。

誰か、とタクミはつぶやく。
「誰か、マコミのことを聞いてくれ！　本当のマコミのことを。マコミは」
彼は廊下を行く生徒に縋る。だが、異様な様子を見て、全員が眉を顰《ひそ》めながらタクミを避《さ》けた。誰一人として、その言葉を聞きはしない。それでも、タクミは訴える。
「マコミは……マコミは、」

ただの優しい、女の子だったんだ。

周りでは誰もがマコミのことを話している。けれども、それはタクミの知るマコミではない。誰も、マコミのことを聞かない。誰も知らない。タクミはその場に座りこむ。

学園中の誰も彼もが、彼の望み通りにマコミのことを話している。

けれども、今はもう、本当のマコミを誰も知らない。

残ったのは、

魔女だけだ。

＊＊＊

最後に、ヴィヴィアは幽体離脱をして、ある光景を見た。

マコミの幽霊が、職員駐車場に立っている。そこに、タクミが訪れる。魔女への貢物を叩き、潰し、彼は壊れたように泣く。その体を、マコミは悲しそうに、優しさをもって抱き締めた。だが、タクミに彼女の姿は見えない。吠えるように、タクミは泣き続ける。

二人の様子を目に焼きつけて、ヴィヴィアは学園を後にした。彼の意図を察したのか、ミサキは事件の真実について沈黙した。その数日後、ヴィヴィアのもくろみと、マコミの願いのとおりに、タクミは自首をしたとの話だ。

自分の行動によって少しでも魔女の噂が晴れるようにと。彼はそう願ったのだという。

あの学園がどうなるのか。
魔女という幻想を失い、真実を与えられた鏡がどうひび割れるのか。
それは、ヴィヴィアは知らなかった。それでも、彼は考える。

人の残酷な真実を前に、縋るように思う。

もしも、
いつか。
ヴィヴィアに、少しの平穏を与えてくれる誰かが現れるとするのならば。

彼が暗闇に閉じこめられた際に明かりの下へ連れだしてくれる人がいれば。

「……そんなことは、期待するだけ無駄だろうけれどもね」

それでも行かなくてはね。

はあ……いつか死にたい。


そして、ヴィヴィアは続けての任務地へ向かった。


雨の降る街。

カナイ区へ。

CHAPTER

04

第四章

未来の制止する日

大変遺憾《いかん》なことだが――デイリー・ゼロ紙の花形記者、ジャギー＝クッカーは身をもって『爆発オチ』を経験する羽目となった。

そう、『爆発オチ』といったら『爆発オチ』である。

あのチュッドーン、ドッカーンですべてに強制的に幕が引かれる、『爆発オチ』だ。

この記述を読まれている皆様におかれましては、いったいコイツはなにを言いだしたのかと思うかもしれない。が、まったくもってその反応は正しいといえよう。なにせ、当事者の一人たるジャギー自身にも己がどんな目にあったのかは、まったくわけがわかっていないという有様だ。

彼の身に降りかかった災難を詳しく説明すれば、以下のようなものとなる。

とある廃工場に、彼は潜入した！
そして、不思議な機械を見た！
と、思ったら爆発した！
わけがわからないよ！

このめちゃくちゃさ加減、まさに『爆発オチ』と言っていいだろう。

記事にしようにもまとまりがなさすぎる。真相もなにもあったもんじゃないし。読者は納得しないだろうから書けないな……そう、ジャギーは考えていた。

ところがどっこい。

知らぬ者とは不幸である。

実はこのわけがわからない結末に至るまで、彼は——カウントされない時間の中で——未来を救う大冒険をくりかえしてきたのだ！

その秘密は、ジャギーの一時の相棒にこそ隠されていた。

彼女こそ、フブキ＝クロックフォード！

人外の異能力を持った【超探偵】である！

のだが、フブキが説明をしない——もしくは、できない——タイプの少女である以上、ジャギーには真実を知る由《よし》もない。

ああ、哀れなジャギーはこれから先も、己の体験した冒険を知ることはないのだろう！

もっとも……思い出さない方がいい記憶も、その中には多分に含まれているのだが。


しかし、せっかくの冒険譚《ぼうけんたん》だ。


それがフブキの胸の中にだけ、固くしまわれているというのも、もったいない話である。

そのため、ここでだけ、なにが起きたのかを紐解《ひもと》いてみよう。


失われし、冒険家による偉大な冒険譚。

静止しかけた、未来を取り戻す物語を。

＊＊＊

その日、ジャギーが廃工場を訪れたのは、記事の穴埋めが目的だった。

第四章　未来の静止する日

もっと詳細に語るのならば、人員の不足のせいである。

ホラー特集にて。『夕闇鳥居《ゆうやみとりい》の怪《かい》』なるものを調べていた前任者が、何故《なぜ》か失踪《しっそう》をしてしまい連絡が取れなくなってしまったのだ。彼が最後に取材をしていた鳥居付近では――きちんとそろえられた――靴だけが残されていたらしい。当然、前任者の執筆するべき記事はオジャンとなってしまったわけだ。まったくもってホラーな出来事にはなったわけだが――さらに不幸なことに、彼の持っていた他の原稿もまるごと一緒に消えてしまった。

なにやら、ここにも多大な謎が隠されていそうなものの深入りするには命が足りない。

そこで、優秀なジャギーは、穴埋めとして次の題材へとすばやく目をつけた。

『人喰《ひとく》い工場』である。


前から、そこには奇妙な噂《うわさ》が流れていた。

なんでも、屋根を求めた家なし人や、ラブホ代わりに使おうとしたカップル、遊びに入った子供たち……などなど、侵入を試みた者たち全員がことごとく行方不明となっているのだ。被害者とおぼしき人間の家族に、ジャギーは実際に連絡をとり、確認を重ねていた。

驚くべきことに、話は本当だった。

何人もの人間が、この廃工場の近くで行方不明になっている。しかも理不尽なことに、当該地区の警察はまともに話を聞かないという。彼らは涙ながらの訴えを追い払い、どうせ家出だと終わらせたそうだ。二度と探るなとの脅《おど》しつきだったらしい。

そう聞いて、くんっと、ジャギーは思わず鼻を鳴らした。臭かった。粘ついた癒着《ゆちゃく》の臭《にお》いがする。更に言うならばドブ川じみた腐敗と秘密、金の澱《よど》んだ臭いもした。

このネタは単なるホラーには収まらないだろう。

もしかしてコレをモノにすれば、大手出版社への売りこみも叶うかもしれないし、最低でも窓辺の席から脱出はできるかもしれない――ちなみに花形記者とは、彼の『自称』であった――そう考えて、ジャギーは颯爽《さっそう》と現場に向かったのである。

そこで、不思議な出会いを体験することになるとは。

あまつさえ未来を救うことになるとは。

まだ、ジャギーは知りもしなかった。

その後も、永遠に知ることはなかったのだが。

＊＊＊

青い空を背景に、ふわりと白いポリ袋が飛ぶ。

廃工場を囲む鉄条網にひっかかり、それは無惨《むざん》にも穴だらけと化した。また、ジャギーは確かに見た。袋が接した瞬間、パシッと火花があがるのを。少なくない量の電流が走ったのだ。その証拠に袋は溶け、黒く焦げている。

最近、工場に侵入を企む人間は減ったようだと聞いたが、どうやらこれが原因だったらしい。短く、ジャギーは口笛を吹いた。こんな設備、通常は廃工場にはありはしない。やはり、ここは見捨てられた建物ではなかった。侵入のしがいがある。そう、彼は念のために持ってきたゴム手袋をはめた。そのときだ。


「この辺りで猫さんを見ませんでしたか？」

声をかけられ、ジャギーは後ろを振り向いた。

この時、彼はうっかり高圧電流に触れ、ショートをかましている。

が、それはなかったことになった。

【超探偵】の桁外《けたはず》れの異能――時を戻す能力――のおかげである。

その力の持ち主は、自分のしたことを語りはしなかった。代わりに、慌てて言い添えた。

「あの、後ろのギザギザした線に当たりますと、パーンッてして、バーンッとなりますので、気をつけてください！」

「うん？　って、……あっぶねーっ！　肘が当たりかけてたな」

「そうです。黒焦げさんになるところでした！」

「ふぃー、やれやれ、助かった。ありがとう」

「どういたしまして」

「お嬢さん。名前は？」

「はい、わたくしはフブキ＝クロックフォードと申します」

名乗りを聞き、ジャギーはあんぐりと口を開いた。

目の前の女性を、彼はまじまじと見つめる。水色の髪と、同色の瞳《ひとみ》が美しい、まだ若い娘だ。黒と灰色を基調とした服に包まれた体には、魅力的なメリハリがついている。

だが、問題なのはその容姿の秀《ひい》でた点ではなく、名前であった。

第四章　未来の静止する日

息を呑《の》んで、ジャギーはまさかとたずねた、

「クロックフォード……って、あのクロックフォードか⁉　嘘《うそ》だろ⁉」

「はい！　恐らく、そのクロックフォードで、このクロックフォードです！」

「いや、どのクロックフォードだよ……」

「えっ、クロックフォードがたくさんあるのでしょうか？　もしや、あっちにもこっちにもクロックフォードが？」

「わっけのわからん、お嬢さんだな……いや、フブキさん、か」

やれやれと、ジャギーは首を横に振った。

クロックフォードといえば、世界の標準時を管理する家だ。

彼らは恐ろしい権力を持った一族だった。それこそ、その手にかかれば現在の暦《こよみ》を十年進めることも逆に戻すこともできる。人々の年齢も、自由自在だ。夢のような話に見せかけて、いっそ怖い。そう、ジャギーは考えている。もっとも、そんな暴挙を行わないのが、名門クロックフォード家である。

つまり、彼らは理知的で冷静だ。

目の前のなんかフワフワした美人が、その一員とはありえない話だった。

そう、ジャギーは判断をくだした。つまり、彼の目は節穴であった。

そんな、ジャギーの前で、フワフワした娘――フブキ――は両の拳を固めた。

「ハッ、こうしてはいられません！　おじさまは猫を見ませんでしたか？」

「おじ……お兄さんな！　見てないが？」

「おかしいですね……まちがいなく、こちらの方へと軽やかに走って行ったはずなのですが……白色の猫です」

「うん？　……もしかして？」

「フワフワして、カサカサのペラペラの猫でした！」

「それ、もう答えわかってるよな？」

ふうっと、ジャギーはため息を吐《つ》いた。

まったく、わけのわからない美人である。

かわいくもあるが、残念極まりない。やはり、この娘が世界的に有名なクロックフォードの人間のはずがなかった。そう考えるジャギーの脳味噌は、最早豆腐に近いといえた。

ともあれ、ジャギーはフブキに告げた。

「フブキさん残念だが……それは猫じゃないんだ」

「ええっ？」

「その正体はな、ここに引っかかって溶けたポリ袋だよ」

「まあ……猫さんがポリ袋に化けたのですか！　わたくし、そうした芸当ができるのはタヌキさんのみとうかがっていましたが……猫さんもやりますね！」

「なったんじゃなくて、フブキさんが、ポリ袋を勘違いしただけなんだ」

「わたくしが、ポリ袋を？」

パチクリと、フブキはまばたきをする。桃色の花飾りを揺らして、彼女は首をかしげた。

わかってくれるかなと、ジャギーは案じた。むしろ、わかってくれと彼は思った。このままでは、通じない会話のせいで頭が爆発しそうだ。ジャギーの願いが通じたらしい。ようやく理解してくれたのか、フブキはガックリとうなだれた。

「そうですか……確かに依頼の特徴とは違うところもあるなとは思っていました」

「カサカサでペラペラな時点で気づいてくれ」

「わたくしが探偵として捜索を依頼された猫は、もっと茶色で、フワモフで、信楽焼《しがらきやき》のタヌキくらいの大きさがあるはずでしたから！」

「どんな猫？　化け猫？　ってか、探偵？」

「はい、冒険家の探偵です！」

「どゆこと？」

「この廃工場には冒険兼探索で訪れました！　お見知りおきを！」

「んん、相変わらずよくわからんが……アンタも、この廃工場に用があるのか……」

ここで、ジャギーは一計を案じた
もしかしないでも、一人より二人の方が安全ではないかと。

フブキはどう見ても抜けているが、凄い美人だ。上手く助ければ、ムフフな展開も期待できるかもしれない。逆に失敗した時は、彼女を囮《おとり》や盾にすればいいだろう。

死人に口なし。

どう転んでも損はない。

そう、判断した後に、――ちなみに、ジャギーは勘もまったく働かない阿呆《あほう》だが、ここで選択肢を誤れば、あっという間に帰らぬ人となっていたのである。悪運だけは強いといえた――片手を差し出して、ジャギーはフブキに声をかけた。

「俺も、この廃工場に用があるんだ。一人より、二人の方が心強い。あなたさえよければ一緒に行かないかい、フブキさん？」

「ええ、喜んで！　三人集まればフネシズムとも言いますものね！」

「文殊の知恵な気もするし、沈んでるし、なにより、三人目どこよ」

そうして、ジャギーはゴム手袋と枝を駆使して鉄条網を潜り抜けた。失礼とフブキの腰を抱えて、彼は上手く移動をさせる。すとんと、彼女を鉄条網を抜けた先に降ろした。

そうしたところで、廃工場まではまだ距離がある。辺りには枯草の生えた平地が広がっていた。遮蔽物や、隠れられそうなところはない。もっとも、こちらを見ている人間も特に見当たらなかった。特別、警戒する必要はなさそうだ。そう、ジャギーは判断を下す。

そのため、呑気《のんき》に話をしながら、二人は歩いた。

「……で、フブキさんは依頼で、その……信楽焼のタヌキくらいの大きさがある、猫的なモノを探すように言われてここに来た、と」

「猫的なモノ……？　それはなんでしょうか？　本当の猫さんとは違う……偽猫さんがここにはいるのですか？」

「そこに食いつかないで欲しいなぁ」

「では、どこにガブーッとすれば？」

「物理的に嚙《か》むのはやめてね」

「まあ、わたくし、そんな野蛮なことはしませんよ！」

「はいはい」

和気藹々《わきあいあい》と、二人は歩く。その間にも、彼らは鼠色《ねずみいろ》の廃工場に近づいた。見れば、正門には真新しいシャッターが下ろされている。しかも、ピカピカの錠前までかけられていた。

ジャギーは目を細めた。

やはり、ここは放棄された場所ではない。攻略のし甲斐《がい》がある。

そう舌なめずりをして、ジャギーは片手にさげた袋から小型の回転鋸《かいてんのこぎり》を取りだした。電源を入れながら、彼はシャッターの錠前に当てる。

「離れておいで、フブキさん」

「まあ、サメ映画の最終兵器ですね！」

「凄い偏《かたよ》った知識」

「わたくし、この前、はじめて観たのですよ！　それはもう心躍る！　ハラハラドキドキのグッチャグチャでした！」

「あーうん、ヨカッタネー」

チュイインッと音を立てて、ジャギーは切断をはじめた。金色の火花が散った。刃がもつか心配だったが、やがて鍵は破壊できた。汗を拭《ぬぐ》って、ジャギーは立ちあがる。

「ふうっ、いっちょあがりだ。それじゃ……」

そこで、彼の頭ははじけ飛んだ。

ライフル弾が、ジャギーの右目から頭部へと入ったのだ。

頭蓋骨《ずがいこつ》を破壊しながら、ソレは後ろへと抜ける。脳漿《のうしよう》と血肉が、地面の上へ――トマトでも割ったかのように――勢いよく撒き散らされた。

あっけなく、我らが、ジャギー＝クッカーは死亡した。

だが、すべては『なかったこと』になったのである！

＊＊＊

時を、戻す。


それこそが、フブキ＝クロックフォードの人外レベルの異能であった。

これのおかげで、彼女は様々な問題点を乗り越えて、【超探偵】となっている。だが、それは万能の能力ではない。時の逆流を認識できるのはフブキだけだ。

『なかったこと』になった時の中であった事柄は、彼女自身にしかわからない。

また、戻せる時間は長くはなく、体にも負担がかかった。

さらに、一度戻した時点より前に戻ることはできない。

それでも、死んだ人間が死ぬ前の地点には――今ならばいける。

故《ゆえ》に、ジャギーが惨劇《さんげき》に襲われた瞬間、フブキは時を逆流させた。戻った地点は、二人が話しながら歩いていたところだ。頭を掻《か》いて、ジャギーは苦笑いと共に言う。

「そこに食いつかないで欲しいなぁ」

「走ってください！　戻ります！」

瞬間、ジャギーの手を摑《つか》み、フブキは駆けだした。

ここは死地だ。彼女なりに言うのならば、自分たちはオーブンに入れられた七面鳥のようなものである。バターを塗って、オレンジを飾った七面鳥は美味《おい》しいが、フブキたちは美味しくない。一刻も早く逃げなくてはならないと、彼女は廃工場の外へ向かう。

急なことに——事情をまるで知らない——ジャギーは面食らった。だが、彼も阿呆とはいえ一端《いっぱし》の記者ではある。ジャギーは顔を引き締めた。積極的に、彼は足を動かす。

走りながら、ジャギーは問いかけた。

「わかった……事情があるんだな？」

「そうです、急いでくださ……」

わずかに、フブキは振り返った。

ピシャッとその顔に血がかかる。


ジャギーの顔面は破壊されていた。

弾丸が、彼の骨格を破壊しながら、前へと抜けたのだ。

フブキは鈍く、斜め上の言動の多い女性だが、阿呆ではない。遅れることなく、彼女は状況を理解した。駆け出した二人を、見張りが狙撃したのだろう。それ以上でもそれ以下でもない。

瞬時に、フブキは時を戻した。

「そこに食いつかないで欲しいなぁ」

ここから、地獄のトライアル＆エラーが始まった。

＊＊＊

まず、フブキはゆっくり方向転換をしようと試みた。

忍法のようなものである。急な動きでなければ、狙撃手も見逃すかと思ったのだ。だが、無駄だった。遠ざかろうとする段階で、なにかに勘づいたものと判断されてしまうらしい。

何度目かのくりかえしで、フブキは気がついた。

廃工場の敷地外に戻ることは不可能だ。


ならば、答えは一つだった。

前に進むしかない。


「そこに食いつかないで欲しいなぁ」

「…………はっ……はい！」

「うん？　なんかふらふらしてない？　それに、はいじゃなくってさ。まあいいか」

以前と同様に、フブキは話しながら、ジャギーと歩いた。

そして、運命のシャッター前へと来る。

狙撃はまだだ。

もしかしてと、フブキは推測した。何故かはわからないが——狙撃手はジャギーを殺して、フブキを奪うことを目標としているのかもしれない。彼女は考える——きっと、ジャギーは過去に狙撃手のカラアゲに勝手にレモンをかけるなどして、恨みを買ったのだろう。カラアゲにいきなりレモンは巷《ちまた》の大罪と聞いている——だから、狙撃手はジャギーが逃げれば即座に撃つ。そして、今も、彼のみを的確に殺せるタイミングをうかがっているのだ。

狙撃理由の推測に関しては、完全にまちがえてはいるものの、フブキにとってこの状況は不幸中の幸いだった。彼女のほうが撃たれていれば、ジ・エンドだった可能性が高い。

心ここにあらずなフブキの前で、ジャギーは小型の回転鋸を取りだした。

「離れておいで、フブキさん」

「……はい」

「うん？　まあいいや。切るよ」

チュイインッと音を立てて、ジャギーは切断をはじめる。

金色の火花が散った。やがて、鍵は破壊できた。汗を拭って、彼は立ちあがる。

「ふうっ、いっちょあがりだ。それじゃ……」

「えいっ！」

そこで、フブキはジャギーを押し倒した。

思いっきり、彼は転ぶ。片手に持った袋が飛んでいった。

なんと、これはフブキなりのお誘いか、はたまた頭がおかしくなったのか——そう考える彼の頭上で、チュインッと音が鳴った。シャッターに乱暴な穴が空く。

どう見ても弾痕だ。

状況を理解し、ジャギーは青ざめた。その手を、フブキは引っ張る。

「立ってください、危ないです！」

「わ、わかった」

彼を立たせて、フブキは鍵の外れたシャッターに手をかけた。次弾の装塡《そうてん》には時間がかかるだろう。だが、辺りは枯草の生える平地だ。身を隠せるところなどない。

目の前の、シャッターの中以外には。


「早く、中へ！」

力の限り、フブキはシャッターを開いた。そして、ジャギーの避難をうながす。

今までにない勢いに面食らいながら、ジャギーはうなずいた。

「あっ、ああ！　わかった！」

「わたくし、も！」

開いた隙間から、ジャギーは中へと転がりこんだ。フブキは後に続く。勢いよく、彼女はシャッターを閉じた。次の瞬間だ。暗闇に火花が散った。彼女の頭の少し上を弾丸が掠《かす》めていく。慌てて、フブキとジャギーはシャッターから離れた。

ああと、フブキは荒い息を吐きながら思った。


第一の死のポイントからは遠ざかることができた。

だが、ここから先は未知数だ。
下手をすれば、完全に詰むこともありうる。
それでも、前へ進むしかない。

そう、覚悟を決めた彼女の横で、ジャギーはズボンに結びつけてあった、懐中電灯を摑んだ。彼は阿呆だ。だが、記者ではある。状況の危険性を、ジャギーは自然と理解していた。そして、もう後戻りが利《き》かないことも。覚悟を決めて、彼は懐中電灯を点《つ》ける。
白い灯《あか》りに、フブキは照らされた。

真剣な顔で、二人は言いあう。

「もう、こうなったら道は一つです」
「そうだな、『人喰い工場』探検だ！」

『人喰い工場』とはなにか。工場が人を喰うのかとの問答が発生したがここでは省略する。

かくして、
ジャギー＝クッカーの死の冒険は始まった。

＊＊＊

とはいえ、ジャギーに死の洗礼はしばらく降り注がなかった。

狙撃自体もタイミングを慎重に計ったうえでのものだったし、警備の手は足りてはいないらしい。暗闇を見回して、フブキはつぶやいた。

「……誰もいませんね？」

「ああ、そうだな」

これは、彼にとってもフブキにとっても僥倖《ぎょうこう》だったといえた。

なにせ、フブキの時を戻せる回数には上限があるのだ。その能力は負担が大きい。彼女の体力が尽きると同時に、死は逃れられないものとして固定されてしまう。

今も、既にフブキは何度も時を戻したせいで、フラフラとしていた。その理由は、ジャギーにはわからない。だが――盾にしようなどと考えていたくせに――女性の不調は見逃さないのが、彼というチャラい男である。

「大丈夫かい、フブキさん？」

「は、はい……なんとか。ぼーっとして、体がダルイですが……多分、いいえ、まだまだ、大丈夫です」

「いきなり狙撃なんてされたもんな……俺という一流記者ならばともかく、フブキさんはただのか弱い女性なんだ。無理もないよ」

「そう、で、すね」

「俺が背負うから、ほら、乗ってくれ」

「そ、そんな……あの、男の人に背負ってもらうなんて、わたくし」

「いいから！　下心は……ある、けど！　……いや、それより、か弱い女性一人、背負えなくっちゃ、男とは言えねぇから、さ。父親の背中にでも乗ったつもりで！」

「お父様が大きくなったわたくしを背負うとは思えませんが……でも、失礼して」

ジャギーは下心はめっちゃある阿呆であるが、気概《きがい》は本当だった。

その証拠に、彼は背中に当たる柔らかな胸の感触に——全神経を集中させそうになり——慌てて意識を逸《そ》らした。また、これは彼自身は知らないが、英断だったといえる。

フブキには休む必要があったのだ。

ジャギーの背中で、フブキはゆるやかに目を閉じた。かなり、彼女は疲れていたのである。つまり、ここで回復できなかった場合、後々の展開は大きく変わったことだろう。

ともあれ、ジャギーはフブキの寝息を感じて、気を引き締めた。

「大船に乗ったつもりでいてくれよ、フブキさん！　よっと！」

そして、懐中電灯を手に、歩き出した。

バチャバチャと、彼は廃油で濡れた床を歩く。

工場内には意味不明なパイプが奔《はし》っていた。よく見れば、それには後から追加された最新の設備も混じっていそうだ。全体が細かく振動し、不快な音をたてて震えている。

胎児を思わせる蠢《うごめ》きを眺《なが》め、ジャギーはつぶやいた。

「動いている……稼動しているのか？　つまり、なにか目的をもって動いているはず。なにかを作っているのか、それとも……」

今はフブキを背負っている。男として、彼女を降ろすことはできない。頭の中に、ジャギーは——事前に入手できた範囲の——工場の図面の記憶と——記載にない部分の——構造を、歩きながら確かめては、組み合わせて叩きこんだ。そして、前へ前へと進んだ。

ぴちょんと、遠くで液体の漏れた音がする。振動と妙な熱気は続く。やがて、床は乾いた状態に変わった。カツン、カツンと、彼は足音を立て続けた。

けれども、ジャギーには異変が生じた。

　ぶっちゃけ、彼は飽きてきたのである。

　何回かぶっ殺されているのに、学ばない話だ。だが、それも当然だった。なにせ、ジャギーには死の記憶はない。彼からすれば、今のところはすべて上手く進んでいるのだ。

　ジャギーは背後の気配をうかがった。

　もぞっと、フブキは動く。

　どうやら、疲労のあまり意識が途切れただけで、今は起きているらしい。せっかく、物騒な状況とはいえ、レディとデートなのだ。小粋な会話の一つでも楽しまなきゃ嘘だろう。

　フブキは美人だし、緊迫した状況だがこれくらいいいだろう。

　うん！

　そう、ジャギーは口を開いた。

「フブキさんは、探偵、なんだよな？」

「はい、正確には冒険家兼探偵です！」

「なんじゃそりゃ……そもそも、フブキさんみたいなほやほやした子が、なんで探偵……それに、冒険家なんかに？　ご両親は心配しなかったのかい？」

　思わず、ジャギーはたずねる。彼からすれば、それはもっともな疑問だった。

　ジャギーの予想としては、フブキは相当な箱入りだ。もっとも、彼でなくともわかって当然なほどに、フブキは世間知らずのお嬢様だった。だが、彼女は意外な事実を告げた。

「心配はされませんでした……」

「えっ、そうなの？」

「というか、あの、わたくしが探偵を目指したのは、最初は親の言いつけでした。探偵というものが何かも知りませんでしたし」

「ええええ、フブキさんに言いつけたのかい？　そいつはひでぇな……」

「ひどい、ですか？」

「おっと、すまない。他人の家のことだな。親御さんにも事情があったのかなぁ」

ジャギーは首を横にひねる。その後ろで、フブキも僅《わず》かに考えた気配があった。

しばらくして、彼女はおずおずと先を続ける。

「親はわたくしに社会勉強させたかったのだと思います……」

「うーん、社会勉強をさせたかったって気持ちはわからんでもないなぁ。フブキさん、ぽやぽやしすぎだし……」

「そうでしょうか……だから、ほとんど追い出されるような形で家を出ました」

「でも、俺みたいなロクデナシならともかく、フブキさんを追い出すなんてな。その後は大変じゃなかったのかい？」

「どうでしょう……家を出てからはすべてのことに夢中で、あまり大変だと思ったことは

第四章　未来の静止する日

ありません。外の世界はなにもかもが新鮮で、わたくしにはすべてが輝いて見えました」

嘘偽《うそいつわ》りなく、フブキの声は弾《はず》んでいる。

理解し難《がた》いなと思いつつ、ジャギーは応えた。

「そうか……ううん、お嬢様にとっては、逆に、こう苦難が楽しみになるというか、そういうもんなのかもしれんなぁ」

「もっと未知の世界を見てみたいと思ったので、冒険家になろうと決めたのです」

「ああ、なるほど……そういう流れだったのか」

ようやく、『冒険家』の意味が理解できた。

うんと、ジャギーはうなずく。やはり、フブキさんは変わった子だ。そこで真の共感には至らずに思考を停止させるところが、ジャギーのモテない理由でもあった。

しばらく、沈黙が続く。だが、不意に、フブキは口を開いた。

「でも、あまり冒険はできていないんです」

「まあ、この現代で冒険っていってもなぁ」

「このまえ、スーパーに行くことはできて、それはすばらしかったのですが……まだ、雲の上の海を見ていませんし、たこ焼き屋さんにも行けていません……未開地の裸族に潜入調査で紛れこんだくらいで」

「それって凄くない？」

どやどやと、ジャギーとフブキは進む。

やがて、ジャギーは疲れてきた。

いくらかわいい女性とはいえ、羽根のように軽いわけではない。相応に、フブキは重かった。フラフラと横に傾きながら、ジャギーは扉のない小部屋に入った。中は金属で構成されており、SF映画の中で見たような一室になっている。すべてのものが、ぼんやりと碧《みどり》に輝いていた。休息しようと、ジャギーはフブキを降ろした。

これもまた、淡く光る謎の箱の上に、彼は腰かける。

「すまない、フブキさん……ここまでで運ぶのはおしまいだ」

「ありがとうございました」

「俺はナイスガイな若々しいお兄さんだが、ちょっと腰が……」

「はい、わかりました！　ギックリ腰ですね！　わたくしは大分疲れがとれました。本当にありがとうございます。お大事にしてください！」

「いや、ギックリまではいってないよ……いててて」

そう、二人は会話を交わした。フブキの座れそうな箱はない。

そう知りながら、ジャギーは見て見ないフリをした。だが、罪悪感は湧いてくる。ジャギーは腰に提げているウェストポーチに触れた。荷物は落としてしまったが、こっちにはなにかなかったかなと漁《あさ》る。中からは、チーズ味の栄養食品がでてきた。

それを、ジャギーはフブキに手渡す。

「よかったらこれ、食べないかな、フブキさん？」

「えっ……黄色いプラスチック？」

「ちょっと硬いけど、クッキーだって！」

「まあ、これが、ですか？」

「味はそんなに悪くないよ」

恐る恐る、フブキは両手で受けとった。かわいいと、ジャギーは思う。その前で、サクリとフブキは小さくクッキーを噛んだ。ますますかわいいと、ジャギーは思う。サクッサクッサクと、フブキは小動物のように食べ進んだ。パーフェクトだ。

「なんでしょう、これは。凄く美味しいです！」

「なら、よかったよ」

「わたくしの知るバゲットと共に食べるチーズとはちがうのですが……色んなパッケージに描いてある、黄色くて穴だらけの三角のチーズさん！　いったい、あれはどんな味なのだろうとずっと思っていたところ、これを食べたおかげでようやく理解ができました！　こういう、コクのある、強烈な味わいだったのですね！　わたくし、ついに鼠さんになれた気分です」

「うーん、このちょっとよくわからない言動さえなければ、お嫁さんにしたいくらいなんだけどなー」

「お、嫁？　はい？」

「なんでもない、こっちの話！　気に入ってくれたなら嬉しいね」

「はい！」

かわいらしい笑顔で、フブキは携帯食料を齧《かじ》る。

それを見て、ジャギーは思った。ああ、夜景の見える高級レストランに連れて行ってくれないからと、前の彼女にフラレた傷が癒《い》えるようだ。

フブキはかわいいし、美人だし、素直だし、癒《いや》されるし、助かる。

思わずかっこうをつけて、彼は宣言した。

「そんなんでよければ、またいくらでも食べさせてあげるよ。チョコ味にストロベリー味に、なんとキャベツ味だってあるんだぜ」

「キャベツ味……つまり、キャベツジロー君味ですね！」

「なんでそういうお菓子の名前は知ってるの……でも、これは知ってるかな、フブキさん？　キャベツ味って、ほとんどはソース味で、キャベツは使ってないんだぜ！」

「ええっ、それなのになんでキャベツと言うのですか？　キャベツが存在しないのにキャベツだなんて……キャベツに失礼ではありませんか？」

「ハハハハッ、驚いてくれたか……っと、いやいや、やっぱり、俺ばっかり座ってたらよく

ないな。どうぞ」

そこで、ジャギーは腰をあげた。彼の中で、フブキへの優しさが溢《あふ》れた結果である。だが、彼の親愛に満ちた言葉は、『なかったことになった』。

それには理由がある。

————————ピッ
ジャギーが腰をあげた瞬間だ。

箱に、赤くスイッチが入って。

彼の尻の下で、小規模な爆発を起こしたせいだった。

＊＊＊

死のループとは、一度ハマると何度もくりかえされるものだ。

フブキの主観になるが、ここからは抜け出すのが大変だった。

「なんでもない、こっちの話！　気に入ってくれたなら嬉しいね」

「ジャギーさん」

「はい？」

「そこを動かないでください」

「はっ？」

そこで立ち上がられてしまったのが一回目。

ドカンと爆発が起きた。慌てて、フブキは時を戻した。

二回目に、彼女は慎重に言葉を添えた。

「なんでもない、こっちの話！　気に入ってくれたなら嬉しいね」

「ジャギーさん」

「はい？」

「そこを動かないでください。座って以来、箱がなんか違う感じに点滅しています」

「……………えっ？」

じっと、ジャギーはフブキを見た。フブキはコクリとうなずく。

コクリ、コクリと二人はうなずきあった。

かくして、ふたたび地獄のトライアル&エラーがはじまった。

代わりに置くものもない。

最初、ジャギーは爪先を箱の上に置き、体をなるべく離してから爆発させようとした。

だが、その努力には意味がなかった。足が先に吹き飛ばされただけだったのだ。

次に、ジャギーはフブキが座ればいいと無茶かつ非道なことを言いながら、子供のように泣きだした。自分が罠にかかれば、状況は悪化する。そう知りながらも、フブキは思わず代わってあげようとした。だが、これもまた、座り直す暇なく爆発するだけだとわかった。この方法は無理である。

ジャギーは知らないが――三度目となる挑戦で、彼はウェストポーチを代わりに置いてみた。驚いたことに、これは上手くいった。どういう仕組みかはわからないが、なにかが上に乗り続けていればいいらしい。

ふうっと、ジャギーは汗を拭った。口笛を吹いて、彼は言う。

「よし、今回も『なにごともなく』切り抜けられたな！　さっすがジャギー＝クッカー！　神がかった機転だぜ！」

「はい、流石《さすが》です！　それでは離れましょう！」

両の拳を握り締め、フブキは言った。

そろり、そろりと二人は離れる。

爆発は、起きない。

フブキは疲労からくる汗を拭った。続けて、ジャギーのポーチを見る。チョコ味にストロベリー味にキャベツ味、と彼女は他愛のない約束を思いだした。

おずおずと、フブキはジャギーに問いかける。

「あの……ジャギーさん」

「うん、なんだい、フブキさん？」

「えっと」

「悪いけど、お喋《しゃべ》りよりも急ごうぜ」

彼が約束した時間は失われた。

もう、元には戻らない。

それをなしたのは、彼女自身だ。

だから、フブキはいつものようにぐっと言葉を飲みこむ。

「はい」

そして、彼女は花のようにほほ笑んだ。

＊＊＊

それから後も、ジャギーはあっちこっちで死んだ。

心ないことを言うのであれば、いっそ面白い勢いである。

やれ、巡回員に撃たれ、やれ警備ロボットの群れに流され、やれ壁からロケットランチャーを叩きこまれと、死に様も多種多様だった。

だが、彼にとっては幸運なことに、すべては『なかったこと』となった。

また、死のループに陥《おちい》ることもなければ、詰むこともなかった。大体の場合はフブキが時を戻して道を変えるだけでなんとかなったのである。だが、

「あれ……どうしたんだい、フブキさん？」

「な、なんでも……ふは、ありま、せん、ほひ」

「明らかにどうかしてるよな？　あんまり歩いてないと思うんだが……お嬢様だからか

な？　疲れたのか？」

不思議そうに、ジャギーは言った。知らぬ者とは薄情である。彼はフブキの奮闘をわかっていないのだ。フブキの額に手を当てて熱を測りつつ、彼は続けた。

「悪いけど、もうちょいだけ頑張ってくれ。もうすぐ最奥《さいおう》みたいだからさ」

「さ、最奥まで、やっと来たのですね」

「……やっと？　ああ、そうさ。いやー、実にスムーズに来られたな！　流石俺、ジャギーだぜ！　でも、ここまでなにもないと、ちょっとつまらないかな」

ジャギーは元気だ。一方で、フブキはもうヘロヘロだった。

もしも、以前に少しの休息を挟んでいなければとうの昔に限界を迎えている。やはり、あの時のジャギーの選択は、二人にとって幸運だった。だが、時を戻すことは後一回できるか否《いな》かだ。つまり、もう迫りくる死の波に抗《あらが》うのは限界に近い。


けれども、同時にこの舞台も終幕を迎えつつあった。


「な、なんだ、こりゃ」

「こ、これは」

いかにも最奥という扉から、フブキたちはホールへと入った。

広大な空間の壁は不気味な計器で埋めつくされている。その中央には鉄の龍が絡《から》み合《あ》い、
時計を掲げているかのような、複雑な機械が鎮座していた。

そして、威容の前には見るからに怪しい白衣の男がいた。

「アイツは、何者だ？」

「……誰でしょう？」

堂々と白衣の男は振り向く。

フブキとジャギーは悟った。

恐らく、
これが、
最終決戦だ。

第四章　未来の静止する日

＊＊＊

「おまえたち……侵入者と『未来静止装置のターゲット』か」

恐らく研究者である――白衣の男は痩《や》せた人物だった。顎《あご》には長い鬚《ひげ》が目立つ。それを撫《な》でながら、彼は蛇を思わせるねっとりとした声で語った。

「よく死ぬことも捕まることもなくここまで来たな……」

「ああ、万事無事に、何事もなく来たぜ」

「まるで、トライアル＆エラーをくりかえしたかのような見事さだ。褒めてやろう」

「……鋭い方ですね！　そこまで察せられるとは、流石白衣を着ているだけあります！」

「なに言ってんの？　いや、それよりも……そっちの言ってることのほうがわけがわからないな。『未来静止装置のターゲット』だ？　なんじゃそりゃ」

ジャギーは不思議そうな声をあげる。同時に、彼はとっておきのボイスレコーダーのスイッチを、ポケットの中でオンにした。にやりと、彼は唇だけを動かして笑う。

一方で、フブキは両の拳を固めて警戒姿勢をとっている。

白衣の男は顎鬚を撫でた。続けてねとねとねっとりとした声で、彼はささやく。

「よかろう。ここまでたどり着けたのだ。教えてやる」

「本当ですか？」

「……私もそろそろ孤独な研究に飽きて語りたくなっていたのでな」

「そりゃ助かる。存分にどうぞ」

「これはな……『未来静止装置』なのだよ」

白衣の男はわけのわからない言葉をくりかえす。どういうことだと、フブキとジャギーはまばたきをした。意味がわからない。もしや、相手にはまともに話をする気がないのかと、二人は疑った。だが、白衣の男はそこに説明を続けた。

にやりと黄ばんだ歯を見せて、彼は語る。

「つまり、これは『時を操れるようになる装置』なのだ……くっくっく、ついに、我々が時間を掌握《しょうあく》し、世界を思うがままにする日が訪れるのだ」

それはあまりにも、
クロックフォードの娘として聞き逃せる言葉ではなかった。

＊＊＊

「……今」

「フブキさん？」

「今、なんと言いましたか⁉」

鋭く、フブキは声をあげた。えっ？　とジャギーは驚く。ごしごしと、彼は目を擦《こす》った。あのフブキが、ここまで劇的な反応を見せるとは。世界の終わりかなにかかと疑う。

その前で、白衣の男は愉快そうに続けた。

「『時を操れる』と言ったのだ。そして、我々が世界の命運を握らせてもらう。そのための企業努力については専門外の人間に説明をしても無駄だから省かせてもらうがね……これは工場敷地内にいる人間をターゲットにして、その体感している時間を分析し、結果の積み重ねによって、時を学ぶ装置なのだよ」

ジャギーはちんぷんかんぷんという顔をする。

一方で、フブキは警戒も緊張も解かなかった。美しい水色の目で、彼女は白衣の男を睨《にら》む。与太話《よたばなし》ではないと、フブキにはわかっていた。彼女は、特定の人間は時を操ることができると知っている。だから、フブキは研究者を睨み続けた。

それに応えるように、白衣の男は本気の言葉を教えた。

「今回は敷地に入った時点で、お嬢さんが分析のターゲットに選ばれたのさ。だから、我々はあなたを撃たなかった！　もっとも、ターゲットの『死まで』を見届けることが最も効率的でね……最終的には解剖をさせてもらう予定だったが、うっひゃっひゃっ」

「おまえ、迷いこんだ人間を……いや、それだけじゃないな。騒ぎになりかけた後は、どうせ人間を買ったり攫《さら》ったりしてたんだろ」

「なんてひどいことをするのですか！」

「それのなにが悪い！」

真剣な怒りをもって、男は一喝した。

ジャギーとフブキは呆気《あっけ》にとられる。なにが悪いかといえば、すべてが悪いに決まっている。子供でもわかることだ。人が人を殺すこと以上の悪などないだろう。

だが、白衣の男は堂々と続けた。

「我々は時を制圧し、全人類の運命を握り、平和で生ぬるい未来を静止させる！　その偉大な目的を前に、人命など些細《ささい》な問題だ！」

白衣の男は哄笑《こうしょう》した。

時を操る。

それは人類の夢だ。普通の人間は時を戻す能力などもたない。

また、その力を手にすれば、多くの人間を救うことができた。

だが、ジャギーとフブキは悟る。この研究者たちはまともなことにその能力を使うつもりなどないのだと。ぎゅっと、フブキは拳を握った。その隣で、ジャギーは声をあげる。

「おいおい、それはよ、流石に」

「そんなことはさせません！」

「……フブキさん？」

フブキの凛《りん》とした声に、ジャギーはまばたきをした。

今までに見せたことのないほど真剣な横顔を、フブキは見せている。堂々と、彼女は美しく前にでた。バッと、腕を横へ払って、フブキは迷いなく言い放つ。

「クロックフォード家の名誉のため、探偵として、そんなことは許しません！」

フブキの声には、絶対に阻止をするという決意が溢れていた。

この瞬間、ジャギーは学んだ。

目の前の女性は確かにクロックフォードの娘で、探偵なのだと。

自分は今までなんてものの隣にいたのかと。思わず、彼は言葉をなくす。

だが、白衣の男は歪《いびつ》に嗤《わら》った。

「それでどうする？　なにができるのだ！　おまえらに……」

彼は白衣の中に腕を入れる。そして、引き抜いた。

思わず、ジャギーは悲鳴をあげた。

白衣の男の腕には取りつけ式のガトリングガンがはめられていたのだ。

「ここで死ぬおまえらに！」

「ひいいっ！」

死んでたまるかと、ジャギーは逃げる。だが、バッとフブキは前に両腕を出した。

全く怯《おび》えることなく、彼女は誇り高く声をあげる。

「死にません、勝ちます！　わたくしは定められた自分の人生に、勝負を挑むつもりで冒険家になったんです。それなのに、未来を奪われるなんて認められません！　こんなところで負けていられません！」

ガトリングガンが唸《うな》りをあげる。黒い死の塊が咆哮《ほうこう》をあげる。

だが、恐れることなく、彼女は叫んだ。


「冒険家は折れません！」

フブキの目の前にガトリングガンの弾が迫り——みょーんと後ろへ戻った。まるで砂嵐が蠢《うごめ》くかのように、光景は変化していく。すべてのものが、ぐるりと時計の針を回すように戻っていく。このとき、彼女は無策でただ時を戻したのであろうか。それとも、クロックフォード家の娘として、周囲に佇《たたず》む装置の異変――圧を成している時間の積み重なり――に気づいていたのであろうか。どちらかはわからない。

――そして。

「おまえたち……侵入者と『未来静止装置のターゲット』か」

いつも通りに時は遡《さかのぼ》り、

この際、致命的な異変が起きた。

機械は個人にターゲッティングして、その時間を分析する。

そして、普通、時は戻せない。

だが、フブキは時間を戻しまくった。そのせいで、機械にはありえない負荷がかかり、エラーが積み重なっていた。結果、どうなったか。

「うん？」

「あれ？」

「えっ？」

カッと、機械はかがやいた。

つまりは、
爆発オチである。

＊＊＊

「どわあああああああああああああああああああああああああああああっ！」

「まあっ、どうしましょう？」

「逃げるんだよ、フブキさん！」

フブキの首根っこを摑み、ジャギーは駆け出した。

この時ばかりは、ジャギーの逃げ足が役に立った。狙いの甘いロケットランチャーをすり抜けて、警備ロボットの頭を踏みつけ、きょときょとしている巡回員を越えて、彼は走った。

今まで死にまくってきたというのに、その逃げ足だけはとにかく速かった。

ジャギー自身、思わずびっくりしたほどである。あれよあれよという間に、二人は行きに通ったシャッターを開いて、外に転がり出た。


そして二人は工場外に逃げだした。

その数秒後。


ドッカーンと『人喰い工場』は吹き飛んだ。


カンカン、パラリと瓦礫《がれき》が降る。

まったくもってわけのわからない、めちゃくちゃな終局だった。

熱風が顔を煽《あお》る中、ジャギーは呆然《ぼうぜん》とした。それから、魂の抜けた声でつぶやいた。

「結局、なーんにもわかんなかったな……」

「なんだかよくわかりませんが、冒険家として多分世界は救えましたよ！」

「なんて？」

相変わらず、フブキはよくわからない。

そんなことよりも。ああ、記事はどうしようと、ジャギーは頭を抱えた。こんなわけのわからない事態を上手くまとめる能力は、彼にはない。一流記者になる夢も、窓際から脱出する夢も、儚《はかな》く消えた。ううっと、ジャギーは情けなく泣く。

その隣で、フブキはしばらく佇んだ。けれども、えいっと片腕を挙げてみた。

一応、思い浮かんだ勝利のポーズである。

その時だ。彼女の足元に、なにやら茶色の塊がてとてとと歩いてきた。もふもふフワフワで――流石に信楽焼のタヌキほどの大きさはないが――見た目よりもデッカい印象を抱かせる猫である。あっと、フブキは目を丸くした。

これぞ、依頼された迷い猫であった。

それを抱き締めて、フブキは言った。

「探偵としての任務も果たせました！」

ぎゅっと、彼女は猫を抱きしめる。

にゃーっと、猫は苦しげに鳴いた。

その後ろではジャギーが嘆《なげ》き、小規模な爆発が続いていた。

＊＊＊

かくして、未来を守る戦いは終わった。

この工場の爆発についてだが——実は【世界探偵機構】は『未来を阻《はば》む危険組織の巣窟《そうくつ》』として、ここに複数の【超探偵】を送りこむ予定でいた。そのはずが、いきなり吹っ飛んだのだからびっくりしたどころの話ではない。【世界探偵機構】に所属する、最も優秀な探偵すらも——いったいなにがあったのかと——戦慄したという。

だが、それは枠外の話である。

ちなみに、この記述の語り手であるおまえは誰か？

そう、読んでいる皆様は疑問に思い続けていることだろう。

ならば、答えよう。

工場の奥深くに置かれたままの装置の残骸《ざんがい》。それは未《いま》だにターゲッテングを続けている状態にある。あの爆発に回路を揺さぶられて自意識に似たものを獲得し、残骸はこうして、未来をこの手から守った冒険家兼探偵についてを記させてもらったのだ。

そう、破壊された【未来静止装置】自身が認めよう。

己だけが時を操れる状態とは、辛《つら》いことだ。その中で、彼女は全力を尽くした。数多《あまた》の死を回避し、『爆発オチ』を導いて、すべてを吹き飛ばした。

フブキ＝クロックフォード。

かの人は讃《たた》えられるべきである。

だが、世界を救った英雄を褒めてくれる者などいなかった。

一時の相棒のジャギーはどうしたか？

彼は『フブキさんといるとなんか命がいくらあっても足りない気がする』と言い、ほうほうの体《てい》で去っていった。何度も命を救われたと言うのに、ジャギーの目はとことん節穴であり、脳味噌は豆腐だった。こうして、ジャギーはなにも知らないまいなくなった。

今、一人、街でフブキは空を見上げる。もうすぐ、雨が降りそうだ。人々は足早に歩いて行く。買い物帰りのバッグを持って、彼女は泣きそうな空の下でつぶやいた。

「……キャベツ味……いえいえいけませんね。わたくしだけの約束を覚えているのは無粋《ぶすい》です。でも」

もしも、

いつか。

フブキの隣に並んで、能力を理解してくれる誰かが現れるとするならば。

彼女が恋をして想うことを教えてくれる、そんな殿方《とのがた》が現れたのならば。

「そんな素敵な出会いが……いつか、わたくしにあるのでしょうか。わかりませんが、今は冒険家として、探偵として進みましょう」

わたくしは向かいます。
次なる、冒険の地へと。

そして、フブキは続けての任務地へ向かった。

雨の降る街。
カナイ区へ。

CHAPTER

epilogue

終　章

カーテンコール

雨の降る街。
カナイ区で。

場所は、夜行《やこう》探偵事務所。

カナイ区唯一の探偵事務所であるそこには、不倫調査やペット探し程度しか依頼はない。
事実上、街がアマテラス社によって支配されているせいだ。
以前、ビルにあった事務所も『探偵に建物を貸すのは反社会的』との無茶苦茶な理由で追い出されている。だが、常に危機的状況にあるのかと問われれば、今のところはそうでもなかった。立場さえわきまえていれば、この街でもそれなりに生きてはいける。

それは単純で、虚《むな》しい話だ。

雨空の下でも傘を差せば濡れることはないし、
レインコートを着れば、女子とサイクリングだってできる。

そういうものだ。

そう、夜行探偵事務所の所長、ヤコウ＝フーリオはわきまえている。

けれども——世界全体がそうであるように——カナイ区もまた、悲劇に満ちている。ヤコウは雨の中でも目立つ、アマテラス本社を見あげる。あの建物の中で誰かが笑っている時、この街では誰かが泣いている。だが、ヤコウにできることは笑っている人間を殴ることではなかった。泣いている人にハンカチを渡し、そっとその場を立ち去ることだ。

彼は正義の味方ではない。

ただの探偵だった。

ならば、すべての理不尽も悲しみも、雨と共に受け止めるしかない。

そう、ヤコウは胸の傷に蓋《ふた》をして諦めていた。

そのはずが。

【世界探偵機構】による一斉招集後、なにもかもが大きく変わりつつあった。

＊＊＊

「なぁ、ハララ。オレのミルク知らないか？　コーヒー用に買っておいたんだけど？」

「……知らないな」

「さては、おまえ、また猫に使ったな？」

「…………」

応接間のような夜行探偵事務所内部にて——所長用の席に座りながら、ハララは無言で足を組んだ。色素の薄い髪とピアスの飾りを揺らして、彼／彼女は優雅に新聞を広げ直す。

しばしの沈黙が落ちた。

マグカップを片手に、ヤコウは額を押さえる。

この【超探偵】はいつもこうだ。傲岸不遜《ごうがんふそん》。唯我独尊《ゆいがどくそん》。だが、それでやることといえば、自己中心的な行動もあるにはあるが、『飢えた猫の世話』とくる。かわいげがありすぎた。

おかげさまで、強く怒るに怒れない。

「……あのさ」

「なんだ？」

「もう勝手に持って行くなよって、オレ言ったよな？」

「……いくらだ？」

「はい？」

「今回の分は倍値を払おう」

「そういう問題じゃないって……はぁ、もういいよ。眠気覚ましにブラックもいいだろう……にがっ！　カフェオレを期待してた舌には痺《しび》れるな……」

やれやれと、ヤコウは首を横に振った。

空いているソファーへ、彼はよっこいしょと腰かける。何事もなかったかのように、ハララは新聞へと戻った。それは保安部が指導で書かせたものではあるが、矛盾を探し出すのが興味深いのだろう。事件欄を、彼／彼女は熱心に確かめる。

ふたたび、しばしの沈黙が落ちた。

気まずい。なにか喋《しゃべ》ったほうがいいだろう。

えーっと、と、ヤコウは口を開く。

「猫繋《つな》がりで話をするけどさ」

「安直な発想だな」

「ぐっ、いいだろ！　別に！」

ハララの毒舌は鋭い。ぐぬぬとなりながらも、ヤコウは言葉を返した。

それに対して、新聞に目を固定したまま、ハララは応える。

「考えずに喋っていると脳味噌が麻痺《まひ》するぞ」

「こっわ！　普通に怖いな、それ……歳《とし》をとるごとにリスクがあがりそうだしな……で！　それはいいから」

「めげずになんだ？」

「そんなに猫が好きなら、なにか猫絡みで思い出の事件とかないのか？」

「しかも、僕に投げるのか」

呆《あき》れたように、ハララは肩をすくめる。だが、ヤコウのちびちびとブラックコーヒーを飲むさまに、思うところはあったらしい。珍しく、彼／彼女は新聞を畳んで横に置いた。

ふむと考え、口を開く。

「……当然、喋りたくないもの、秘匿性《ひとくせい》の高い事件は除くとして、だ」

「おう、除いてくれてかまわない」

「……猫を好きな女性が犯人だったことはあった」

「……ずいぶんとストレートにくるな……どんな事件だったんだ？」

軽く目を開いて、ヤコウはたずねる。

ハララはわずかに椅子を鳴らした。足を組み直して、彼／彼女は思い出をたぐる。

「犯人は双子の姉のほう。特筆すべき点は、僕の【過去視】を利用して、弟が『自分こそが犯人だ』と姉を庇《かば》おうとしたことだ」

「そりゃ、また……」

「母親である被害者の殺害動機は虐待《ぎゃくたい》……邪魔をされずに、猫を飼うのが、殺人犯の夢だったという、小さな事件だ」

「……重い、な。悲しい話だ」

ヤコウはしみじみと言う。謎を解き、背負うには、重責を伴《ともな》う話だ。

だが、ハララはまばたきをした。不思議そうに、彼/彼女は言う。

「重い？　そうだろうか？　僕が解いてきた事件にはこれを超えるものがいくらでもある……例えば」

「あーっ、いいって！　聞きたくない！」

思わず、ヤコウは耳を塞《ふさ》いだ。いやいやと、彼は首を横に振る。

ハララはますます呆れた顔をした。

「探偵として、それはどうなんだ？」

「そういう堅物な話題は、オレの管轄外《かんかつがい》だ」

「なになら、管轄内なんだ？」

「それにしても……そんなたくさんの重い解決を背負って、よく【超探偵】なんてやってられるな？」

「それがハララ＝ナイトメアだ……僕の力が必要となった際は口にすればいい。誰にでも、求める者に、僕は告げよう……その時はいつでも、ハララ＝ナイトメア、その探偵の名前を呼びたまえ、と」

「流石《さすが》だな」

ヤコウは首を横に振る。心から讃《たた》える調子で、彼はその言葉を口にした。だが、称賛は聞きなれているのだろう。再度肩をすくめ、ハララは新聞に戻った。ヤコウもコーヒーに集中しはじめる。だが、黒い表面を眺めながら、彼は穏やかにささやいた。

「けど、探偵を続けてる理由もわかるよ」

「…………」

「オレも探偵になったことで、うんざりする事件は山ほどあった。正直、なるんじゃなかったって思ったこともある」

その横顔に、ふっと深い憂《うれ》いが浮かんだ。ヤコウは胸の奥底で、苦い後悔を転がす。それはもう二度と覆しようがない、深い痛みだった。

だが、目を閉じて、開き、ヤコウは嚙《か》みしめるように先を続けた。

「でも、探偵にならなきゃ味わえなかった幸せや、出会えなかった人たちもいる」

「凡庸《ぼんよう》な価値観の中に、僕を当てはめるのはやめてもらいたい」

「……その中には、ちゃんとおまえだって含まれてるんだぜ、ハララ」

コーヒーを手に、ヤコウはニッと笑った。チラリと、ハララは彼を見る。だが、なにも告げることなく、紙面に視線を戻した。しばらくして、不意に彼／彼女はつぶやいた。

「……そういえば、三百万はそろそろとりたてる必要があるな」

「なんの話だ？」

＊＊＊

「はぁーっ、オイラのパーッと活躍できるような、そんな事件はないもんかなぁ」

「こらこら、余計な首はつっこまないでくれ」

数日後、ふたたび応接間にて。

今度は、ソファーの上でデスヒコが声をあげた。それに、ヤコウは慌てて返す。

「いつも言ってるだろう？　今までのとおりでいいんだ……何事もなく、ここで静かに生きていければいい」

「ケッ、オイラはそんな死人みたいな人生なんてごめんだね！　そのうち、ゾンビにでもなっちまいそうだ。そうやってくすぶってるうちに、手柄はオイラが総取りしてやるよ」

スターのごとく、デスヒコは片手をあげる。なんだか、バックミュージックが聞こえてきそうな勢いだ。向かい合うソファーに座り、ヤコウは紙袋から肉まんを手にとった。

「はぁ……そうは言っても、『九尾の猫』事件以来……アレも首をつっこんだやつだけど……華々しい話なんてないしなぁ」

「あっ、肉まん！　オイラの分は」

「自分で買ってこい……まあ、気持ちが収まらないなら、そうだな。なんか武勇伝でも話してみたらどうだ？」

お茶と昼食のセットを整えながら、ヤコウはたずねる。

それに対して、デスヒコはむくれた。不満そうに、彼は言う。

「なんで、所長に話さなきゃいけねーんだよ」

「誰かに聞いてもらえば、すっきりすることもあるだろ」

「そういうもんかな？」

「むぐむぐ。やっぱり、この味だよなぁ」

カラシをチョンッとつけて、ヤコウは――外はしっとり、中はほかほか、ジューシーな餡《あん》がぎっしりの――肉まんを食べる。彼の言葉に、デスヒコは腕組みをした。

むむむと悩んだ後、彼はうっと頭を押さえる。ぎょっと、ヤコウは驚いた。

「どうした？　なにか嫌なことでも思いだしたのか？」

「いや、完全に嫌なこととは思わないんだけどよ……」

終章　カーテンコール

「んんん？　じゃ、なんだ？」

「今思い出してみても、あれはやっぱりイケたんじゃねえかなって」

「はぁっ？」

わけがわからんと、ヤコウは怪訝《けげん》な声をだす。

その前で、デスヒコは声を殺した。ナイショだぜと言うように、彼はささやく。

「実はオイラ、あるレディのために頑張ってよう」

「はぁ」

「マフィア相手に大立ち回りをして、奪われた老犬を返してあげたことがあって……」

ゴニョゴニョと、デスヒコはささやく。

ポカンと、ヤコウは口を開いた。肉まんを取り落としそうになりながら、彼は問う。

「なんだよ？　そんなかっこいいことがあったのなら、おまえには彼女ができてないとおかしいだろ？」

「だよな！　……でもさ」

「相手に、なにか事情があったのか？」

「それがよ……ハニーじゃなくって、ダーリンだったんだ」

「えっ？」

ぽかんと、ヤコウは呆気《あっけ》にとられる。それは、どういう意味なのか。

ため息を吐《つ》きつつ、デスヒコは答えを告げた。

「男だったってこと」

「あー……でも、男もいけないことはないとか、前に言ってなかったっけ？」

「めちゃかわちゃんだったから、いけないことは全然なかったんだけどよ……その子自身が女性が好きだって」

「そりゃ、無理強《むりじ》いはできないやつだ」

「だろ、だろ？」

「うん、うん」

二人は言い合う。

そして、同時に天井を仰《あお》いだ。

遠い目をしながら、ヤコウとデスヒコは理不尽を嘆《なげ》く。

「なんというか、世知辛《せちがら》い話だなぁ……」

「でも、イケる気はしたんだよなぁ……」


そして、なんとも言えない空気で、部屋は満たされるのであった。

＊＊＊

「……はぁ、いつか死にたい」

「……おい、ヴィヴィア。大丈夫か？」

夜行探偵事務所。今日も応接間にて。

ヤコウが扉を開けると、ヴィヴィアは暖炉《だんろ》の中に詰まっていた。暗がりの中で、彼は本を読んでいる。今日も聞こえてきた不穏なつぶやきに対し、ヤコウはたずねる。

それに、ヴィヴィアは気《け》だるげに応えた。

「……あっ、所長。わざわざ私なんかに声をかけるなんて……優しいんですね」

「いや、暖炉の中で死にたいって言う奴がいたら、ほとんどの人間は声をかけるだろ？　まあ、おまえの場合、それがいつものことだとしてもだ」

暖炉の側《そば》に、ヤコウは座る。だが、ヴィヴィアは出てこようとしない。黙々と、彼は本のページをめくり続ける。その横顔を、ヤコウはじっと見つめた。

まばたきをして、ヴィヴィアはささやく。

「なに？　……放っておいてくれませんか？」

「そこにずっといるのも、体に悪いだろ？」

「そうでもないですよ……私はここが好きだし」

「いーや、絶対悪いね……なんか、飯にでも行くか？　前に行ったレストラン、味は悪くはなかっただろ？」

腕を組んで、ヤコウは言う。遠くへ、ヴィヴィアは視線を投げかけた。

ふたたび本に戻り、彼は新たなページをめくりながら続ける。

「……でも、支払いはキツそうでしたよね」

「うっ……た、確かに、連続は無理か」

「空の箱を振っても、求めるものが降り注ぐことはない。そういうことですね」

「えーっと、それじゃあさ、代わりになんか喋ろう」

うんと、ヤコウはうなずいた。それがいいと、彼は気分を切り替える。

一方で、ヴィヴィアは微《かす》かに目を細めた。不思議そうに、彼は問う。

「何故《なぜ》？」

「暗闇でずーっと物語に向き合ってるのも精神によくないだろ？　おまえも【超探偵】なら、今まで関わってきた事件の話とかあるんじゃないか？」

ヤコウはたずねる。ヴィヴィアは口を閉ざした。しばらく、彼は沈黙する。ダメかと、ヤコウは思った。だが、ヴィヴィアはなにかを思いだしたかのように話を紡《つむ》ぎはじめた。

「ある学園に魔女がいた」

「魔女⁉　う、うん、それで？」

「魔女は学園を呪いで支配した。だが、本当は魔女なんかいない」

「それは、そうだろうな」

「魔女は、一人の少年が嘘《うそ》で紡ぎあげた幻想の存在だったんだ。それを完成させる過程で、少年は善良な友達の存在を消してしまった。彼は本当は優しかった友人のことを、恐ろしい魔女だとみんなに広めてしまったんだ」

「……それは、辛いな」

「……今や学園は魔女に依存している。けれども少年は友人の存在を消したことを悔やんで、魔女は嘘だとみんなに教えることにした……」

「……ちゃんと選択できたんだな」

「真実を知り、魔女が嘘だとわかった後、学園はどうなると思います？」

「どうって、別に大丈夫だろ？」

「……どうして、そう思うんですか？」

ヤコウの言葉が意外だったのだろう。ヴィヴィアは首をかしげる。

彼に、ヤコウはうなずいてみせた。迷いなく、ヤコウは語る。

「そりゃあ、……真実は残酷だよな。歴史上、真実が優しかったことなんて一度もない。だけどな、真実から目を逸《そ》らして生き続けるのも辛いもんだぜ？　結局、真実から目を逸らすことはできない……生きてる限りは、痛みと向き合うしかないんだ」

「…………」

「だから、その学園の人間も、痛みを抱えながら歩いて行ったと思うぜ」

明るく、ヤコウは言いきる。真実の向こう側が、きっとあったはずだと。

ヴィヴィアは首を横に振った。低い声で、彼はささやく。

「……慰《なぐさ》めは、よしてもらえますか」

「これを慰めだと思うことが、ある意味おまえの答えだろ？」

まばたきをして、ヴィヴィアは沈黙する。

ヤコウは穏やかに笑った。それから暖炉前を離れようとして——また戻ってきた。

「屋台なら行けるな？　一緒に行かないか？」

＊＊＊

「はっ、キャベツ味！」

「なんだそれ」

夜行探偵事務所の、日々をすごす場所にて。

終章　カーテンコール

急に、フブキが声をあげた。

ヤコウはまばたきをする。先ほどまで、フブキはソファーに座って、銀紙に包まれたチョコレートを食べていたはずだ。それなのに、何故『キャベツ味』なのか。そう疑問に包まれるヤコウの前で、フブキは言った。

「はっ、所長。いつからそこに」

「三時間前からいたけど？」

なんなら、フブキが来る前から対面のソファーに座っていた。

オレってそんなに存在感ないかなと、ヤコウは首をひねる。今回はミルク入りのカフェオレを、彼はすすった。温かさにうなずきつつ、ヤコウはたずねる。

「で、なにがキャベツ味なんだ？」

「聞いてくださるのですか？　語るも長く、喋るに短い話ですがよろしいのですか？」

「えっ……長いのか短いのかどっち？　……聞いていいものだったら、気になるな」

なにせ、チョコレートを食べながらの『キャベツ味』だ。このままだと、脳内に謎が残りそうだ。そう腕組みをするヤコウに対し、フブキは応えた。

「そうですか……それでは『キャベツ味』を語るにはなくてはならない冒険譚《ぼうけんたん》を聞いてください！」

「おっ、なんかデカそうだな」

「冒険家兼探偵として、わたくしは未来を救ったのですよ！」

「……えっ？」

思わず、ヤコウは絶句した。スケールが大きいどころの話ではなかった。

なにせ、未来を左右する問題だ。その驚きにかまうことなく、フブキは告げる。

「『未来なんちゃらソーチ』というものを、廃工場で止めて、なんと、おっきな猫ちゃんを拾ったのです！」

「さっぱり意味がわからない」

残念ながらと、ヤコウは首を横に振る。フブキはしょぼんとした。

だが、そこでヤコウの脳内にひらめくものがあった。

「いや、待てよ……『未来なんちゃらソーチ』には聞き覚えがないこともないな……まさか、【世界探偵機構】が発表した、未《いま》だに謎である『未来静止装置』爆発事件？　いや、そんなバカな」

ブツブツと、ヤコウはつぶやいた。

その事件は【世界探偵機構】の【ナンバー1】すら驚愕《きょうがく》させたはずだ。それにフブキが絡んでいるなんてことがあるのだろうか。だが、確認をする前に、フブキは先を続けた。

「そこで、わたくしはキャベツ味を……」

「食べたの？」

「食べられなかったのです！」

「そっちか？」

ヤコウは首をかしげる。

話を聞くことで、更に謎は深まった。

世界を救い、キャベツ味を食べられなかったとは、どういうことだろう。ヤコウは悩む。

一方で、フブキはしゅんっと肩をすくめた。

「その時のことを、こうして庶民の味のお菓子を楽しんでいるうちに、思いだしてしまいました……」

「なるほどね」

「キャベツ味と聞いた瞬間、楽しみだなと思ったのです……」

「どうやら、時間を戻す能力が関係していそうだな……」

「どうしてわかったのですか？　ま、まさか、お話を聞くだけですべてがわかるという万能な特殊能力に突然の開花をされたのですか？　おめでとうございます！」

「いや、普通に聞いてたらわかるよ。じゃあ今度、該当のお菓子を買ってきてあげよう」

ヤコウは言う。時を戻せる者には苦労が多いと、彼はよくわかっていた。その苦難に、寄り添えるものなら寄り添いたいと、ヤコウは望んでいる。

フブキは顔をかがやかせた。両手を組み合わせて、彼女はたずねる。

「いいんですか⁉」

「それくらいならお安い御用だ」

「ありがとうございます！　あっ、それではお礼にお教えしますね！」

「なにをだい？」

「キャベツ味には実はキャベツは使われておらず……ほとんどはソース味なのです！」

「知ってるけど」


わいのわいのと話は続く。

後日、キャベツ味のスナックを、フブキは満面の笑みで頰張《ほおば》ったとか。

＊＊＊

これが、ヤコウの日々の記憶だ。

たった一人で、探偵事務所を運営していた頃から思えば、夢のような時間だった。

【世界探偵機構】によるカナイ区への招集。

その結果、アマテラス社による妨害で多くの探偵が命を落とした。たどり着いた【超探偵】は四人。全員が一癖も二癖もある人物だ。それぞれが異能と独自の才能を誇っている。

かくして、夜行探偵事務所は大変に騒がしくなった。

ヴィヴィアは無気力で、フブキはよくわからない。だが、ハララやデスヒコはやる気に満ちている。なにも変わらないでいい。ただ平穏に生きられればそれでいい。そう嘯《うそぶ》きながらも、ヤコウはすべてが変わっていく予感を覚えていた。今もまた、彼は思う。

もしも、
いつか。

彼の過去も含めて、皆の悲しみを知ってくれる誰かが現れるとするのならば。

雨の降る灰色の空を晴らしてくれるような人が、共に並んでくれるのならば。

「まだ、なにもわからない……わからないけれども。それでも」

おまえたちとなら、すべてが変わっていく気がするんだ。

だから、待っている。
早く辿《たど》り着いてくれ。

君も。

そして、ヤコウは街を走る。

アマテラス急行へ。

最後の一人を迎えに。

あとがき

はじめましての方ははじめまして。

綾里《あやさと》けいしと申します。ライトノベルを中心に、たまに一般文芸でも書いていたり、原作をしていたり、なんやかんやしている作家です。

この度は『超探偵事件簿《ちょうたんていじけんぼ》 レインコード』のノベライズを担当させていただきました。

制作陣の皆様の作品では、『ダンガンロンパ 希望《きぼう》の学園《がくえん》と絶望《ぜつぼう》の高校生《こうこうせい》』をPSPで発売された年にクリアを決めてから、「なんじゃ、このとんでもなく面白いシナリオは？」とひっくり返り、シリーズを追いかけてきて、気がつけば凄い年月が経過していました。

そのため、この度《たび》、制作陣の新作である、『超探偵事件簿 レインコード』にノベライズという形でかかわらせていただけたことを、一ファンとしてこの上なく光栄に思っております。お声がけいただけた際、即座に手を挙げて、選出いただくまで正座の勢いでした。

今回は、カナイ区に行く前の各超探偵の前日譚ということで、それぞれのエピソードを書かせていただきました。バラエティパック的に、各キャラクターに合わせて、話ごとの味は変えてあるつもりです。本編とは異なる、彼らの活躍を、少しでも魅力的に書けていればいいなと願うばかりです。そしてひとつ、ご留意いただきたいのですが、こちらの作

あとがき

品はノベライズ発売までの進行の都合上、ゲーム自体のプレイはせず、サブイベントやDLCも含めたすべてのシナリオテキストを熟読することで作成しております。何故ならば、発売日の関係上、ゲームの完成前から作業にとりかかっていたためです。

それでも、『超探偵事件簿 レインコード』のテキストはめちゃくちゃに魅力的だったので、多大なるファン心と愛を込めて、キャラクター達を書かせていただきました。

また、完成したゲームは、あとがき作成前にはメーカー様からお送りいただき、触らせてもらったのですが、もう大興奮でした。テキストを暗記するくらいに読みこんではおりましたものの、実際にプレイをしてみると、ゲームとしての面白さに夢中になりました。

あの超探偵やこの超探偵が動くところ、あの名シーンやこの名シーンが豪華な作りこみの画面で見られて、推理を自身の手で行う喜びも味わえて、とても幸せでした。そして常に傍にいてくれる、死に神ちゃんは安定のかわいさよ。このゲームを、私のように楽しまれた皆様に、ノベライズもお楽しみいただけることをただ願うばかりです。

それでは、改めましてノベライズの読了をありがとうございました。今後の『超探偵事件簿 レインコード』の広まりを、一ファンとして心の底から楽しみにしております！

もしも、またどこかで会う機会があればお会いしましょう。

それでは二周目をプレイしながら、失礼します。

超《ちょう》探《たん》偵《てい》事《じ》件《けん》簿《ぼ》 レインコード

ユーマを待《ま》ちながら

2023年8月30日　初版発行

原作・監修　スパイク・チュンソフト
著　　者　綾《あや》里《さと》けいし
イラスト　花澤 明
発 行 者　山下直久
発　　行　株式会社KADOKAWA
〒102-8177 東京都千代田区富士見2-13-3
電話 0570-002-301（ナビダイヤル）

編集企画　ファミ通文庫編集部

デザイン　寺田鷹樹（GROFAL）
写植・製版　株式会社スタジオ205プラス
印刷・製本　凸版印刷株式会社

［お問い合わせ］
https://www.kadokawa.co.jp/（「お問い合わせ」へお進みください）
※内容によっては、お答えできない場合があります。
※サポートは日本国内のみとさせていただきます。
※Japanese text only

ISBN978-4-04-737581-9 C0093

定価はカバーに表示してあります。

トウリ・ノエル二等衛生兵。彼女は回復魔法への適性を見出され、生まれ育った孤児院への資金援助のため軍に志願した。しかし魔法の訓練も受けないまま、トウリは最も過酷な戦闘が繰り広げられている「西部戦線」の突撃部隊へと配属されてしまう。彼女に与えられた任務は戦線のエースであるガーバックの専属衛生兵となり、絶対に彼を死なせないようにすること。けれど最強の兵士と名高いガーバックは部下を見殺しにしてでも戦果を上げる最低の指揮官でもあった! 理不尽な命令と暴力の前にトウリは日々疲弊していく。それでも彼女はただ生き残るために奮闘するのだが——。